光文社文庫

長編時代小説

夜来る鬼
牙小次郎無頼剣
決定版

和久田正明

光 文 社

目次

主な登場人物

牙小次郎《きばこじろう》　纏屋《まといや》の石田《いしだ》の家に居候する浪人。実の名は正親町高熙《おおぎまちたかひろ》。父は、今上天皇の外祖父にあたる。

小夏《こなつ》　夫の三代目石田治郎右衛門《じろうえもん》が亡くなった後も石田の家を支える女将。

三郎三《さぶろうざ》　駆け出しの岡っ引き。

田ノ内伊織《たのうちいおり》　南町奉行所定町廻《じょうまちまわ》り同心。

第一話　毒蛇姫

一

町火消しの纏《まとい》を作るのは、江戸に一軒のみと定められている。

纏というものは、その昔は戦陣で大将のそばに立てた目印のことをいったが、近世以後は大名火消しや町火消しが、火事場の目印としてそれを使うようになった。

今は十一代将軍家斉だが、約百年前の八代吉宗の砌《みぎり》には纏屋という専門職はなく、槍《やり》屋が代行してこれを作っていた。

それが享保十五年（一七三〇）に、南町奉行大岡越前守《おおおかえちぜんのかみ》が槍屋の石田《いしだ》治郎《じろう》右衛《え》門《もん》という者を呼び出し、「これより江戸町火消しの纏は、その方の所で一手に作るべきこと。他の者には許可を与えず」という有難いご沙汰《さた》を下されたのだ。それ以来、石田治郎右衛門が江戸町火消し四十八組の纏作りを一手に担《にな》うこととなった。

一方の大名火消しの纏は、今も変わらず槍屋が作っている。

初代治郎右衛門は御上《おかみ》へそのことを深く感謝し、七十八歳の天寿を全うするまで、神田明神《かんだみようじん》への日参と、水垢離《みずごり》を取ることを怠らなかったという。

そして代々世襲《せしゆう》として石田治郎右衛門を名乗り、文化《ぶんか》年間の今は三代目に当たる。場所も代々変わらず、八辻ケ原《やつつじがはら》の南、神田竪大工町《たてだいくちよう》である。

ところが今の三代目で石田の纏屋も終わりではないかと、世間では囁《ささや》かれていた。

それというのも三代目が早死《はやじに》してしまい、残された後家の小夏《こなつ》が女の細腕で頑張ってはいるものの、その頑張りがいつまでもつか、というのが世間の思惑なのだ。

小夏は子は授かっておらず、ゆえに石田の纏屋は絶望的、ということになる。

こうなってしまったからには、養子を迎え、その者を四代目治郎右衛門とし、小夏が後見人となって石田の家を存続していかねばならない。

大岡越前守は宝暦《ほうれき》元年（一七五一）に齢《よわい》七十五で卒し、とうにこの世の人ではないが、纏作りは石田の家に限りという定めは、申し送られて今でも生きているのだ。

三代目は三年前に二十五で病死し、今や小夏は二十六の年増《としま》になっていた。

一時はしかるべき養子を探して奔走したこともあったが、なかなか眼鏡《めがね》に適《かな》った者が見つからず、頓挫《とんざ》したままになっている。

それでも小夏は気丈だから、世間からなんと言われようが、八人の纏職人を抱えて日夜纏作りに励んでいる。後家の頑張りを貫いているのだ。

年増で後家というと、脂ののった貫禄《かんろく》たっぷりな女将《おかみ》を想像するが、ところが小夏はさにあらず、なのである。

ほっそりした躰《からだ》つきで、女にしては背丈《せたけ》があり、鼻筋の通った瓜実顔《うりざねがお》に富士額《ふじびたい》も美しく、また凜々《りり》しく秀でた男眉《おとこまゆ》を持ち、気を張って生きている者特有の、烈々と燃え立つ負けじ魂のようなものを感じさせる女なのだ。

実家は銀座本局近くの葺屋町《ふきやちょう》で、槍屋をやっている。つまり槍屋の娘が、纏屋に嫁いだのである。

そんな小夏に同情すると見せかけ、言い寄る不埒《ふらち》な男も少なくないが、小夏は片っ端から肘鉄《ひじてつ》を食らわせている。

江戸っ子の心意気と潔癖さを併《あわ》せ持ち、くだらない男は寄せつけないのだ。さりとて男嫌いというのでは決してなく、ひそかに夢に描いている理想の男はいる。

生身の女盛りで、それは当然のことなのである。

しかしそんな思いは人様にはおくびにも出さず、胸の奥にしまいこんで生きている。

女である自分に封印をし、石田の家を護《まも》ることに必死なのだ。

竪大工町の家は旅籠《はたご》のように大きく、八人の職人のほかに番頭もいれば女中もいる。

番頭は松助《まつすけ》といって、四十になる堅実な男である。松助は陰の補佐役で、小夏の後ろから石田の家を支えている。妻子持ちで鍋町《なべちょう》に住み、竪大工町に通っている。

そしてもう一人、副番頭格のような男がいて、これは広吉《こうきち》という。小頭《こがしら》役をつとめ、職人たちをまとめている。三十を過ぎているが独り身で、石田の家に住み込んでいる。

小夏の居室は家の奥にあって、その十畳で寝食をかねて生活しているのだ。

少し汗ばむが、さわやかな初夏の日差しが降り注ぐ庭先を眺めながら、繁茂した庭木の枝を、植木屋を呼んで手入れをさせなくちゃいけないわなどと思いつつ、小夏は着替えをしていた。

これから日本橋《にほんばし》へ出て、呉服店で着物を誂《あつら》えるのだ。

だから気分はやや浮き立っていて、薄化粧を施し、女のたしなみで唇に紅をちょこっと差している。

「広吉でございます」

唐紙の向こうから広吉が声をかけてきたので、

「いいよ、お入り」

小夏が答えた。

遠慮がちに唐紙が開けられ、広吉が顔半分だけ覗《のぞ》かせて、

「お支度《したく》がよろしいようで」

そう言った。

広吉は才槌頭《さいづちあたま》を持ち、顔の造作《ぞうさく》も拙《まず》いが、一本気な気性と男気は人一倍で、小夏はいつも気持ちのいい男だと思っている。だがその反面、三十過ぎて純だから、融通《ゆうずう》の利かないところもあり、時に扱い難《にく》いのが難点だ。

「お供はいらないわよ、広吉。大店《おおだな》のお嬢様じゃあるまいし、買物ぐらい一人で大丈夫だってば」

「それはいけません、女将さんにもしものことがあったらどうしますか」

「自分の身ぐらい自分で守れますよ」

「いいえ、こないだのようなことがありますから」

広吉は後へ引かない。

この間のことというのは、三月《みつき》ほど前に小夏が外出の折、酒に酔った無頼漢《ぶらいかん》に絡まれた一件を広吉は言っているのだ。

あわや落花狼藉《らっかろうぜき》という時に、顔馴染みの火消しの連中が来合わせ、無頼漢を撃退してくれたのでその場は事なきを得た。

しかしそれ以来、松助の差配で小夏のちょっとした外出には、職人の誰かを警護役につけるようになったのだ。

石田の家で、小夏にもしものことがあったら男たちは路頭に迷うわけで、またそれだけでなく、江戸に一軒だけの纏作りの家ということで、男たちは高い誇りを持ち、伝統芸でも護るかのような気概を持っている。

その女将さんに火の粉《こ》が降りかかるなど、とんでもないことなのだ。

広吉をしたがえて廊下を行くと、大部屋で纏作りをしていた職人たちが口々に小夏へ挨拶をした。

それをにこやかに受け流して店へ出る。

松助が帳場から立って来て叩頭《こうとう》した。

「女将さん、どうかお気をつけて」

分別顔に笑みを湛《たた》えている。

松助は中肉中背で色浅黒く、円満だが意思の強い顔つきをしている。五つ下の女房とは夫婦仲もよく、二人の間には五人の子供を儲《もう》けている。

先代の治郎右衛門の時から奉公していて、纏作りには精通しているから、小夏もどこかで頭の上がらないところがある。

それにどんな事柄にも松助は冷静に対処するから、小夏は一番頼りにしているのだ。

遅くならないうちに帰りますよと言い、小夏は広吉とともに表へ出た。

そこで強い日差しを避けて日傘を差すと、しなやかな肢体《したい》がすっと伸びて、小夏はもうそれだけで絵のなかの女のようになった。

二

竪大工町の大通りを避けて、ずんずん裏通りへ入って行く。そこは道幅が狭く、家並もあまりいいとはいえない。

履物や乾物を売る小店《こだな》が軒を連ね、店の前には種々の商いの品々が積み重ねてある。路地から子供が急に飛び出して来たり、道端にずっとしゃがみこんだ老婆がいたり、また塵埃《ごみ》や紙屑《かみくず》も散乱している。不体裁《ふていさい》で歩き難く、不衛生でもあるが、とり澄ました大通りなどより、こういう猥雑《わいざつ》な所の方が小夏は歩き馴れていた。

小夏が生まれ育った葺屋町には、市村《いちむら》座、糸あやつり人形芝居の結城《ゆうき》座、古浄瑠璃の薩摩《さつま》座の芝居小屋などがあり、ほかにも様々がひしめき合っている。それにつれて芝居茶屋も多いから、もっと猥雑で囂《かまびす》しい。

だからそういう所の方が習い性《しょう》で、気が落ち着くのだ。

少し行くと、町辻に顔見知りの下っ引き数人が屯《たむろ》していた。

それを見た広吉が不穏なものを感じ、ここで待っていて下さい、と小夏に言って聞きに行った。

すると家の陰から岡っ引きの三郎三《さぶろうざ》が姿を現し、広吉とともにこっちへやって来た。

三郎三は紺屋町《こんやちょう》の三郎三と呼ばれ、確かに十手捕縄《じってとりなわ》を預かる岡っ引きではあるが、親分と呼ぶには貫禄が足りず、むしろ手下の下っ引きの方が似合っているような男だ。

歳も二十三と若く、躰も小柄だから、親分としては駆け出しなのである。

しかしその威勢のよさと直情径行が取り柄で、がむしゃらに犯科人《はんかにん》を追いつめ、幾つか手柄を立てて十手を頂かるようになった。

異例の早い出世だから、本人も常日頃からそのことを鼻にかけている。顔つきはいつもやる気満々で、喧嘩《けんか》っ早い猿を思わせた。

小夏にとっては町内の親分なので、ないがしろにはできないところだが、こういう若さに任せた突っ走り型は苦手で、しかも年下だからあまり敬う気持ちにはなれない。

（ふん、何よ）

てなものである。

「よっ、石田の女将、相変わらず艶《あで》やかじゃねえか」

三郎三の愛想に、小夏は腹のなかでふん何よと思いながら、

「捕物ですか、親分」

「辻斬りの浪人を追いつめたんだ」

三郎三が意気込んで言った。

それが蕎麦《そば》屋の「藪竹《やぶたけ》」の二階にいて、出て来るのを待って捕まえようと、手ぐすねひいているところだと言う。

「ふうん、面白そう」

「面白かねえよ。向こうが暴れ出したらとばっちりを食らうかも知れねえ。廻り道をするか、早えとこ行っちまってくれねえか」

「女将さん、早いとこ行きましょう」

広吉が急《せ》き立てる。

「あたし、見て行く」

「いけません、女将さん。ここは親分の言う通りにした方が」

「だって三郎三の親分が手柄を立てるところを、この目で見たいのよ」

三郎三をくすぐるような言い方をしたが、それは本心ではなく、小夏は江戸っ子の常でこういう血の騒ぐようなことが好きなのだ。つまりは物見高いのである。

「女将、まっ、そいつぁわかるがよ……」

三郎三が小夏を持て余しているところへ、下っ引きの一人が血相変えて来て、

「奴が店を出ますぜ」と言った。

それで一斉に殺気立ち、三郎三は小夏どころではなくなり、腕まくりをして十手

を握りしめ、下っ引きらをうながして路地から大通りの方へ向かった。

「女将さん、いけませんよ」

止める広吉をふり払うようにし、小夏もそれらの後を追った。

蕎麦屋の「藪竹」から一人の浪人が出て来た。

その前へ三郎三が果敢に飛び出し、十手を突きつけた。

下っ引きたちも召捕棒を構えて取り囲む。

浪人は三十前の若さで、男にしては色鮮やかな茄子紺《なすこん》の小袖を着て、黒漆《くろうるし》の刀の一本差である。それが重そうな挟み箱を無造作に肩に担いでいる。その挟み箱も黒漆で、どっしりとしたものだ。

髷《まげ》がまた一風変わっていて、総髪に結い、後ろを垂れ髪にして縛りつけている。それがどこか女っぽいようにも見える。

だが眉目《びもく》は優れ、彫りの深い顔立ちで鼻梁《びりよう》も高く、色白のかなりの美男だ。そして抜きん出た長身なのに、躰つきは痩身で無駄な肉がついていない。また眼光は鋭く、深沈《しんちん》とした色を湛えている。

それはどこか貴族的でさえあるから、そこいらにいる無頼浪人とは違って、上品にも見える。

みだりに余人を寄せつけない雰囲気が、浪人を包んでもいる。

(この人って、なんなの……)

その浪人を離れた所から見て、小夏はぽかんと口を開けたままになった。そんな自分にも気づかないでいる。二十六まで生きてきて、これまで只《ただ》の一度も会ったことのない人種のように思えた。

役者にしたいようなその美男ぶりは、ひと目見ればわかるが、小夏ぐらいの歳になればそんなことでは惑わされない。顔立ちのいい男を見て、ぽうっとなるような時期はとうに過ぎたのだ。

彼女が惹きつけられたのは、その男の奥深い魅力である。

(これは尋常な男じゃない)

そう思った。

「やい、痩せ浪人、ちょっと番屋まで来て貰おうじゃねえか」

三郎三が虚勢を張って言った。

召捕棒が一斉に突き出される。

野次馬もわんさか集まって来た。

しかし浪人は表情ひとつ変えず、涼しい顔をしている。

「てめえ、惚《とぼ》けたって無駄だぞ。こちとらネタは上がってるんだ」

「なんの科《とが》だ」

低いが、凜《りん》としてよく通る声で浪人が言った。

その声を耳にして、なぜか小夏はぞくぞくっとした。男の艶《つや》を感じさせる、女の五感に訴えるような声ではないか。

(この人は辻斬りなんかじゃない、絶対違うわ)

女の確信だ。

三郎三が勝ち誇ったように、

「それをここで言っていいのかよ。いろんな人の目があるんだぞ。浪々の身とはいえ、まずいんじゃねえのか。番屋で話した方がいいだろう」

「番屋は嫌いだ」

「なに」

「性に合わん」

浪人が挟み箱を担いで歩き出した。

「野郎、逃げる気か」

三郎三が浪人につかみかかった。

だが次の瞬間、どこをどうしたものか、三郎三は無惨に地面に叩きつけられていた。手首をねじられたらしく、痛がっている。

そのあまりの鮮やかさに、見ていた者全員が唖然《あぜん》となった。

浪人がまた歩き出し、三郎三が下っ引きらに怒鳴った。

「何してやがる、辻斬り浪人を捕まえろ」

浪人が歩を止め、ふり向いた。

「辻斬り……」

三郎三は立ち上がって体勢を立て直し、再び十手を向けて、

「そうだ。神田界隈《かいわい》で二人、てめえは罪もねえ人を斬って捨てたんだ」

「知らんな」

「嘘をつくんじゃねえ」

「身に覚えのないことだ」

「この野郎っ」

「……」

浪人と三郎三が睨《にら》み合った。

彼に見られると、三郎三は腰砕けになりそうな自分を感じた。

（こいつぁどうしたことなんだ）

こんな痩せ浪人に、負けてなるものかと思った。

そこへ年寄同心の田ノ内伊織《たのうちいおり》が、あたふたと駆けて来た。

田ノ内は南町奉行所定町廻《じょうまちまわ》り同心で、三郎三を手先として使っており、いわば抱え主の立場である。

鶴のように痩せてしなびて、頭髪はほとんどなくなり、申し訳のように細い髷を結っている。だが顔のどこかに愛嬌があり、憎めない人柄のようだ。

「三郎三、もうよい。ここは引き上げじゃ」

「そりゃどういうことなんで、旦那」

三郎三が面食らう。

「たった今、本物の辻斬り浪人が捕まった。二件の悪行も白状したわ」

「そんなあ……」

三郎三が立場を失い、烈《はげ》しくうろたえ、気の毒なくらいに落ちこんで、

「だったらおれぁ、とんでもねぇ人間違いをやらかしちまった」

「このお方に乱暴をしたのか」

「いえ、まあ、そのう……」

三郎三の決断は早く、浪人に向かってその場にぱっと土下座をした。

「ご浪人様、あっしのとんだ早とちりでございやした。ご勘弁下せえやし。どんなお叱りも受けますんで、ご存分になすって下せえ」

浪人は無言で、只、微《かす》かに皮肉な笑みを浮かべているだけだ。

「三郎三の仕出かしたことは、このわしにも責任がござる」

田ノ内も老軀《ろうく》を折り、三郎三の横に並んで、

「これこの通り、雁首《がんくび》揃えて謝罪致す」

土下座をした。

「てめえら、ぼさっと突っ立ってるんじゃねえ」

三郎三に怒鳴られ、下っ引きたちも慌てて土下座をした。

それでも浪人は何も言わず、そのうちぷいっと行ってしまった。

田ノ内と三郎三が呆気《あっけ》にとられたようにそれを見送り、膝を払って立つと、

「三郎三、あれはどういう男なのだ」

「いえ、あっしにもよく……一風変わったお人ですよねえ」

小夏はそのやりとりを聞いて、それ見たことかと思い、広吉をうながして足早にそこから離れた。

だが行く先が違うので、広吉が訝《いぶか》って、

「女将さん、日本橋はそっちじゃありませんよ」

「わかってるわよ。今のご浪人さんに話があるの」

「ええっ……」

三

浪人の足は速く、もうどこにもその姿はなかった。

「広吉、おまえはあっち、あたしはこっちを探すから」

焦って指図をすると、広吉はますます怪訝《けげん》になって、

「女将さん、あのご浪人さんにいったいどんなお話があるというんですか」

「どうしても聞きたいことがあるの」

「ですから、それはなんですか」

「そんなこと、おまえに言ったってしょうがないじゃない」

「ろくすっぽ知らない人に話しかけて、しかも辻斬りに間違われるようなうろんなご浪人なんですよ。関わりを持っちゃいけません」

「おまえが嫌ならあたし一人で探すわよ」

「ああ、もう。よくわかりましたよ」

広吉が嘆いて向こうへ去り、小夏は別方向へ急いだ。

それにしても、あの浪人になんの話があるんだろう。自問自答してみた。だが答えは出てこない。なんでもいいからあの人の前へ出て、どこから来たのか、これからどこへ行くのか、何をしているのか、とりとめのないことを聞いてみたかった。

つまりお節介を焼きたい気分なのだ。

娘時代もそうだったが、ゆきずりの人間にこんなに一生懸命になった憶《おぼ》えはなかった。

(あたし、どうしちゃったのかしら……)

自分でも不思議だった。

新石町《しんこくちょう》まで来て、ようやく見つけた。

浪人は掛茶屋《かけぢゃや》の床几《しょうぎ》で休み、茶を飲んでいた。

花を咲かせた大きな樅《もみ》の木の下で、浪人のその姿は絵になっていた。

小夏は何も考えずに、浪人の前に飛び出した。

「あ、あのう……」

浪人は静かに小夏のことを見た。

その表情には、なんの感情も表れてはいない。

「ご浪人様はどういうお方なんですか」

自分でも、何を言っているのかわからなかった。

「おれか」

「はい」

即答して、あたしってこんなに素直だったかしらと思った。

「旅をしてきた」

「え、あ……どちらから」

浪人はふっと笑う。

はにかむようなその仕草《しぐさ》に、独特の色気があった。

「それは秘密だ」

「じゃあ、これからどちらまで」

「ここまでだ」

「はっ？」

「江戸に住むのだ。そう決めた」

「ねぐらは決まってるんですか」

「これから探す。どこぞの寺の門でも叩こうかと思っている」

「だったら……」

「なんだ」

「家へ来ませんか」

あたしは何を言ってるんだろう、とは思わなかった。

この浪人を、どうしても庇護《ひご》してやりたい気持ちになっていた。その心理を、分析している暇はなかった。

「いいよ」

「えっ」

「泊めてくれるのなら、有難い。世話になりたい」

すんなりそう言われると、今度は小夏の常識が働いた。

「待って下さい、このあたしが何者なのか聞かないんですか」

「さっき野次馬のなかにいたな」

「知ってたんですか」

「おまえはよく目立つ」

「んまあ」

「おれが奇妙奇天烈《きてれつ》に見えたのであろう。そのおれに声をかけるとは、おまえも一風変わった女だ」

おなじ仲間のような言われ方をして、小夏は少し嬉しくなった。後家である立場も忘れて、自分が急に輝き出したような気がした。

どうしてかしらと、それを考えている暇はやはりなかった。

「それじゃ、お世話させて下さい。ご案内します」

「うむ」

そこへ折よく、広吉が来た。

広吉は二人がうちとけた雰囲気なので、びっくりして二の足を踏んでいる。

「広吉、こっちへ来て」

「へえ……」

広吉がおずおずと寄って来た。

今までの女将さんではないような目で、小夏を見ている。

「こちら、家へ来て貰うことになったから」

「どうして、そんな……」

茫然《ぼうぜん》とした広吉の声だ。

「いいから」

「日本橋はどうするんです」

「明日にするわ」

お荷物をお持ちしてと言い、小夏が挟み箱を持とうとして、あまりの重さに、

「中身はなんですか。やけに重いですけど」

「うむ、後で見せよう」

広吉がそれを引き取り、肩に担いだ。まだ解《げ》せない表情が続いている。

「お武家様、お名前だけでもお聞かせ下さいましな」

小夏が言った。

「牙小次郎《きばこじろう》」

「へっ？」

「牙」

白い歯を剝《む》いてみせ、

「小さい、小次郎だ」

牙小次郎が悪戯《いたずら》っぽく笑った。

初めて見る笑顔だったから、小夏はくらくらっとなりかけた。

(今日のあたしは、本当に、とことんどうかしている……)

ちょっぴり、自省した。

四

長いこと閉め切ってあった四方八方の雨戸を開け放ち、離れ座敷を披露《ひろう》すると、牙小次郎はことのほか気に入ったようだった。

眺め廻すその表情が明るい。

母屋《おもや》とは渡り廊下でつながっていて、十畳と八畳の二間に、広い土間が取ってある。

独立した家屋で、表からも裏からも出入りができて、木々の繁みが風雅を誘う。

また風通しもよく、裏手からは青物役所の大屋根が見えている。

この離れは先代の治郎右衛門が建てたものだが、総檜造《そうひのきづく》りでどっしりとしており、かつてはここで死んだ亭主とお月見などをしたこともあり、小夏にとって今ではなつかしい思い出だ。

「ここは使ってないのか」

小次郎の問いに、小夏はうなずいて、

「長いこと放ったらかしたままでした」

「借り受けたいが、どうだ」

「え……」

突然の申し入れに小夏は戸惑い、すぐには言葉が出ない。

「ここはいい、ひとりで住むにはもってこいだ」

「そ、それはその……」

まさか小次郎が住みたいと希《のぞ》むとは思ってもいなかったので、とっさにどうしたものかとまごついた。

だが答えはすでに小夏のなかに出ていた。

断る理由は何もないのだ。

それでも一応は、

「番頭と相談してみます」

と言ってみた。

すると小次郎が、

「これをおまえに預けておく」

そう言って、挟み箱を小夏の方へ差しやった。

小次郎はもうすっかり、住む気になっているようだ。

「なんですか」

改めて中身を尋ねた。

小次郎が開けても構わんぞと言うので、小夏は何が出てくるのかと緊張しながら、挟み箱の蓋を開けた。

「きゃっ」

そこにあるものを見て、仰天して叫んでしまった。


小夏が居室に松助と広吉を呼び入れ、挟み箱の中身を見せると、二人は小夏と同様に腰を抜かさんばかりにして仰天した。

そこには小判が千両、ぎっしりと詰まっていたのだ。

もう日暮れに近く、台所の方からは煮炊きをするいい匂いが漂ってきている。

賄《まかな》いの女中三人が、てんてこまいで飯の支度をしているのだ。

「女将さん、このお宝をあのご浪人様が持ってたんでございますね」

松助が慎重に言葉を選ぶようにして言う。

「そうなのよ。松助、どういう筋のおあしだと思う？」

「さあ、千両もの大金を挟み箱に入れて、このお江戸をぶらぶらしてるご浪人様なんて、聞いたことがありませんからねえ」

松助が言い、おまえはどう思うと広吉に聞いた。

「へえ、あっしにもわけがわかりません……けどあの人は武芸はよくおできんなるようでして、あの威勢のいい三郎三親分を、赤子の手をひねるようにすっ倒しちまったんですから」

「只者じゃないんだ」

「へえ」

広吉がしかつめらしくうなずく。

「で、女将さん、この千両を預けられたんでございますね」

「ええ、飲み食いのおあしはみんなこっから払ってくれって。それに入り用なものとか、たとえば着る物や、武具にまつわるものなんぞは、出た先でつけで買うからよろしく頼むよって。むろん店賃《たなちん》もこっからさっ引いてくれて構わないって。大まかよねえ、あたしが使い込むとか思わないのかしら」

「大層信用されたんでございますね、女将さんは」

「うふっ、そういうことになるかしら」

小夏がにやついた。

松助が辛気臭い表情になり、話を元へ戻すようにして、

「それにしても女将さん、あのお方はどこのどういう人なんでございましょう。それがわからないうちは、ここで女将さんと一緒に住むのはちょっと……」

「それが氏素性《うじすじよう》を一切言わないから、あたしにも未《いま》だにどういう人なのか」

「聞くと嫌がるんでございますか」

「謎めいた笑いを浮かべてね、詮索は無用にしてくれって」

「はあ」

そこで広吉がくそ真面目な顔になって、

「女将さん、やはりあのお方には出てって貰った方が」

「何言ってるの、今さらそんなことできないわよ。千両、こうして預かっちまったんだから」

「それはお返しすればよろしいんです。あたしの思案では、あの人は盗《ぬす》っ人《と》です」

「盗っ人？」

小夏が甲高《かんだか》い声になった。

「千両はきっと人を泣かせてぶん取った金です。この小判には血の雨が降ったはずです」

広吉が才槌頭を重そうにふって言う。

「おまえね、いい加減におしよ。あたしだって馬鹿じゃないのよ。そんな盗っ人をしてるような人を、ここへ連れて来るわけがないでしょうが」

「それじゃお尋ねしますが、女将さんの目にはあの人はどう映ったんですか」

「浪人はしてるけど、立派なお武家様よ。あれは絶対に悪い人じゃないわ」

きりりと二人を睨んだ。

小夏に圧倒され、返す言葉がなく、松助も広吉も思案にあぐねて押し黙った。

「ともかくそういうことだから、二人とも了承してね」

松助が事態を収拾するかのようにして、

「わかりました。女将さんが見込まれたんなら、きっと善い人なんでしょう」

なあ、と言って隣りを見たが、広吉は仏頂面《ぶっちょうづら》をしている。

それで小夏は席を立ち、忙しそうに出て行った。

すると広吉が声をひそめて、

「番頭さん、大体おかしいですよ。あのご浪人様の名前、なんていうと思います」

「なんだい」

「牙小次郎様ですと」

「ええっ？　牙小次郎……」

「そんな名前があるんですかね」

「ふざけてるよ。牙だなんて、本名じゃないだろう」

「でしょう」

「世を忍ぶ仮の名を名乗って、世間知らずの女将さんをたばかって、何かよからぬことを企んでるのかも知れない。おまえが言う盗っ人かどうかはともかくとして、悪い人だったらどうしよう」

「困ったなあ、こいつぁなんとかしなくちゃいけねえや……」

「そうだねえ」

屁のつっぱりにもならないのに、二人の表情は深刻だ。

五

水戸徳川家《みとくとがわ》、七代治紀《はるとし》の子で爛《らん》という姫がいる。生年は寛政《かんせい》三年（一七九一）だから、今は二十二である。大々名の、しかも御三家の息女《そくじょ》で二十二というのは、もはや行き後れである。

御三家とは言うまでもなく、尾張、紀伊、水戸の三家をさし、将軍家の血統を保持し、幕政をも補佐する重要な役割を担っている。

三家とも徳川家の親戚で、いわば本家と分家の間柄になる。

幕府の式典や諮問《しもん》に応じる時だけ、江戸へ出て来るのだ。

治紀は文化二年（一八〇五）に、三十三歳で家督相続をし、従三位右近衛権中《じゅさんみうこんえのごんのちゅう》将《じょう》に叙任されている。正室、側室を併せ、子はさほど多くはない。

爛は治紀が十八歳の時の子だが、爛の母親が、その後側室に取り立てられたという記録はない。

つまりどこの誰が産んだ子なのか、公にされないまま、水戸家息女の末端として育ったのだ。それゆえ、爛の母親のことを知っているのはひと握りの重臣のみ、ということになる。

また治紀自身が、爛を疎《うと》んじているという噂もある。

そのせいかあらぬか、爛は幼少期以降はほとんど父親と顔を合わさず、十を過ぎる頃から出府して、本所小梅村《ほんじょこうめむら》の下屋敷で暮らしている。親子とも、たがいの顔も、その存在も忘れるほどである。

治紀は恐らく、成人した爛を知るまい。

ちなみに水戸家には、小石川《こいしかわ》に上屋敷、駒込《こまごめ》と目白《めじろ》に中屋敷がある。

しかし末端であろうがなんであろうが、三十五万石の水戸家息女として、恥ずかしくない生活だけは与えられている。

年間の化粧代は、千二百両である。

そのなかには、衣装代や遊興費も含まれており、化粧代というのはあくまで名目だ。月に百両も使えるのだから、文句の出ないようにはしてあるのだ。

爛がなぜ嫁がないのか、水戸家に七不思議があるとしたら、そのひとつかも知れない。

これまで幾つか縁談が持ち上がったが、どれも実らぬままに立ち消えになっている。

水戸家と縁を結べばこんな有利なことはないから、爛がたとえどんな醜女《しこめ》であっても、大抵の大名家なら飛びつくはずだ。

しかも爛は醜女にあらず、美形である。

才色すべてかね備え、その名の通りに爛漫の盛りのなかにいるのだ。


その日、爛姫は何度目かの見合いの席に臨んだ。

武家階級に見合いはないが、江戸もこの頃になると綱紀も大分弛《ゆる》やかになり、下々で好評なものを取り入れる傾向があった。

この日の場所は上野不忍池《うえのしのばずのいけ》で、当人同士がそれぞれ別の船に乗り、行き違った時にちらりと一瞥《いちべつ》し合うだけの見合いである。

その奥ゆかしさがいかにも武家らしく、流行《はや》りというほどではないが、これまでも不忍池で何度か行われ、成就した例もあったという。

この日の爛姫は、吹輪髷《ふきわ》に結い上げ、お召し物は単衣《ひとえ》は萌黄色《もえぎいろ》の生絹の織物で、それには葵《あおい》御紋の縫入りがある。下のお召しは白羽二重《しろはぶたえ》だ。帯は付け帯にて織物を用い、色は樺色《かばいろ》で、ふり袖打ち掛けの縫入り模様は、牡丹《ぼたん》に花蝶が色鮮やかに描かれ、それはまるで絢爛《けんらん》な絵巻物のようである。

今日の相手は東北のさる藩の若殿で、池のなかほどで爛をひと目見て気に入り、その旨《むね》を随行して来た留守居役《るすいやく》にすぐに伝えた。

不忍池の「月花《げっか》」という料理茶屋に両家とも席を取ったが、そこでは席をおなじうせず、別々の座敷である。

留守居役は吉報に胸躍らせ、若殿の意思を伝えたく、水戸家の留守居役が待つ座敷へと廊下を急いだ。

するとその前に、爛の従者たちが待ち伏せていたかのようにして立ち塞がった。

爛姫付きの老女玉蟲《たまむし》と、お側御用を勤める鳥子右膳《とりこうぜん》という侍臣《じしん》である。

両名とも下屋敷に住み、爛のお側近くに仕えて姫の言葉を余人に伝え、下達《かたつ》する役目を担っている。この二人を通さねば、姫には何も伝わらないようになっているのだ。

「ちと、お話がござりまする」

玉蟲が言葉は丁寧だが、三つ葉葵の威厳を押し出すようにして言った。

老女といっても玉蟲はまだ三十そこそこで、妖艶《ようえん》な色香を漂わせた大年増だ。

留守居役は腰を低くし、一も二もなくしたがった。

借り受けてあったらしい座敷へ通され、向き合うなり、今度は鳥子が口を切った。

「お留守居役殿、こたびの件、どうやら不首尾のようにござる」

鳥子は岩のような大きな肉体を持ち、顔つきもいかつい中年で、柳生新陰流《やぎゅうしんかげ》の剣の腕は家中並びなき者、と評されるほどの強者《つわもの》だ。

留守居役は善良そうな目を瞬《しばたた》かせ、

「ふ、不首尾とは得心が参らぬが。若のお話によれば、姫御前は目を合わせた折に頰笑まれたとか。婦女子の常として、嫌いな殿御に笑みは見せますまい」

玉蟲と鳥子は何も言わない。

二人の表情は、共通して隠微である。

「いかがでござろう。爛姫様に会わせて頂けぬか。不首尾ならそれも詮方《せんかた》ないが、直《じか》にお話を承《うけたまわ》りたい」

「お黙りあれ」

突然、玉蟲が高圧的な声を出した。

「われらの言葉を疑《うたご》うてか」

「あ、いや、そういうわけでは……」

留守居役がしどろもどろになった。

「こちらは姫様《ひいさま》が申されたこと、忠実に伝えたまで。そこもとが直にお会いなされたいと申されるなら、われらはまるで子供の使いでござるな」

「い、いや、ご不興を買われたのならいくえにもお詫び致したい。申し訳もござらぬ」

留守居役が平身低頭した。

玉蟲と鳥子が、すっと含みのある目を交わし合った。

「ではこたびの件、なかったことに致したい。それでよろしいか」

否やを言わせぬ口調で、玉蟲が言った。

「はっ、残念ではござるが、ではそういうことに……」

なんとも割り切れぬ面持ちで、留守居役が言った。

こうしてこたびもまた、爛姫の縁談はかき消されたのである。

六

纏屋の離れ座敷に住んで、牙小次郎は三日目を迎えていた。

三日の間に外出は一度だけで、竪大工町を南へ向かい、中之橋《なかのはし》を渡って日本橋の金吹町《かなふきちょう》まで足を延ばし、書物問屋で漢書や読本やらを買い漁《あさ》った。

顔を知られているわけではないので、買掛けというわけにもいかず、この時は小夏から金一両を出して貰い、それを懐にねじ込んでの外出であった。

江戸の町に不案内だから、あちこち物珍しく見て廻った。

辻斬りに間違われた日も蕎麦屋だったが、この日も昼飯に蕎麦屋へ入った。

江戸の蕎麦の味が性に合うということは、恐らくこの地に水が合うのだ。それはまた蕎麦に限らず、ほかの食べ物もことごとく気に入っていた。

それに何かと短気で、結果を急ぎたがる江戸っ子の気風《きっぷ》も、すんなり理解できた。

これではもう元の地へは戻れないなと思い、ひとり失笑した。

元より戻る気はなく、といって江戸で骨を埋めるというほどの決意をしているわけではないが、このまま何年か暮らせばすっかり江戸の人間になるだろう、という想像は容易についた。それでも一向に構わなかった。郷里を出る時は、そこを捨てる覚悟だったのだ。

それから石田の家へ戻り、読書三昧《ざんまい》になった。

読書に飽きればごろ寝をして、日が暮れると母屋の鉄砲風呂に入った。

三度の飯は小夏が気を遣ってくれ、旬のものが並べられて申し分なかった。

箱膳を運んで来る女中たちは、ろくに小次郎の顔を見ずに立ち去った。うちとけるには時がかかると思った。

纏作りの方が忙しいらしく、この三日は小夏はろくに顔を見せなかった。

纏一本を仕上げるのには晴天七日を要し、また一本の値は一両二、三分という。

番頭の松助、小頭の広吉らに改めて引き合わされたが、その硬い表情を見て、考えていることがすぐにわかった。

小次郎を疎んずる気持ちは、無理もないのだ。

どこの馬の骨とも知れぬ浪人者がにわかに転がりこみ、正直言って困惑し、迷惑がっているのに違いない。

そういう突き上げもあったろうに、それを押し切った小夏に、感謝の念を持った。

その日の昼下りに、十畳の間で漢書を読んでいると、土間にぴょこんと兎が飛びこんで来た。

よく見るとそれは兎ではなく、どこぞの商家の女中だった。

紺色のお仕着せを着た前垂れ姿だ。

まだ十五、六で、田舎者らしく頬が赤く、丸々とよく肥えていた。童顔でつぶらな黒目がちな瞳は、子供そのものだった。

兎と見紛《みまが》うほどに、小娘は無垢《むく》なものを感じさせたのだ。

それが物怖《ものお》じせず、小次郎ににこにこと笑顔を向けている。

小次郎はこういう小娘は苦手だった。

明るく健康的なものを否定するつもりはないが、さりとて受け入れる気もなかった。つまりは水と油なのだ。

「えへへへ」

小娘が小次郎の機嫌をとるような変な笑い声を漏らした。そうしながら、顔色を窺《うかが》っている。

小次郎はちらっと一瞥しただけで、鼻を鳴らし、小娘を無視することにした。

すると小娘は土間をさらに寄って来て、上がり框《かまち》から繁々《しげしげ》と小次郎の顔を眺め、意味のわからない溜息を吐いた。

小次郎はうんざりして、

「おまえ、どこの者だ」

「聞いて驚くな」

「……………」

「おら、本石町《ほんごくちょう》の井筒《いづつ》屋のもんだ」

「……………」

「おめえさん、大層なお方だねえ」

「……」

「お種《たね》さんから聞いただよ」

お種というのは、この家の若い女中だ。

「離れにきれいなお武家さんが住みついたから、一度見て来いって」

「……」

「お種さんの言った通りだ。おめえさんはなんてきれいなお人なんだ」

小次郎が失笑して、

「見たのなら、もうよかろう」

「お名前は」

「聞いてないのか」

「牙小次郎様」

「そうだ」

「どこから来た」

「忘れた」

「愛想のねえ人だな。人とうまくやっていきたかったら、それじゃいけねえぞ」

「ふん」

「だども、おらにはわかる」

「何がだ」

「おめえさんてお方は本当は違う。きっとやさしい人だべ」

「笑わせるな」

「冗談でねえよ、本当のことだ」

「もういぃ」

「ふた親や兄弟はどうしただ、木の股から生まれてきたわけじゃあるめえ」

小次郎が睨むと、小娘はぱっと離れてけたけた笑った。

小次郎もまったくの形なしである。

そこへ小夏が慌てたように入って来た。

「お清《きよ》ちゃん、誰の許しを得てここへ来たのよ。駄目でしょ」

小夏に叱られると、お清と呼ばれた小娘は青菜に塩となり、

「あ、いえ……すみません、女将さん」

「早く行きなさい。道草くってると大旦那に怒られるわよ」

「へえ」

お清は素直に退き、もう一度小次郎に憎めない笑みを見せ、それで出て行った。

「小次郎様、不躾者《ぶしつけもの》で申し訳ありません」

小夏がお清のことを詫びた。

「いいよ、おれの負けだ」

苦笑しながら、お清の身許《みもと》を問うた。

お清は日本橋本石町一丁目の小間物屋、井筒屋の女中だと小夏が説明する。そこは名にしおう大店で、大奥御用達《ごようたし》までつとめているという。

お清は秩父《ちちぶ》の出で十六になり、三年前から井筒屋に年季奉公に上がった。石田の家のお種とは同郷だから、外出の折にちょくちょく立ち寄るのだという。

「あの通りの山出しですけど、お清ちゃんは働き者で有名なんです。とっても心根のいい子なんですよ」

「物怖じせぬ気性のようだな」

「いいえ、ふだんは用心深くって、人見知りなんです」

小次郎がまた苦笑して、

「それがなぜおれに……」

「純な心には、まっすぐに小次郎様のことがわかるんじゃありませんか」

「迷惑だな」

小次郎の返答はにべもない。

「あら、どうして」

「人にわかって貰おうとは思っていない。また誰とも親しむつもりもない」

「そうですか」

小夏が鼻白んで、

「でもあたしもお清ちゃんとおなじ思いなんですけどね」

「何」

「小次郎様はいい人なんです」

そう言って、後をも見ずに出て行った。

小次郎は憮然《ぶぜん》とした顔で読書に戻ったが、その目は文字を追わず、あらぬ所をさまよっている。

(みんな、おれのことを知らぬくせに……)

戸惑いを浮かべ、面映《おもは》ゆいような表情になった。

七

四日目にして外の空気に触れたくなり、小次郎はふらりと石田の家を出た。
初夏が過ぎ、梅雨《つゆ》が近いから空はどんよりと曇っている。
足はしぜんと、繁華な日本橋万面へ向かった。
中之橋を渡りかけ、川原に娘がうずくまっているのが目についた。
よく見ると、それはお清だった。
ためらうことなく、川原へ下りた。
お清は両膝を立ててしゃがみこみ、そこへ顔を埋めてめそめそと泣いていた。
小次郎がその横に腰を下ろし、
「どうした」
そっと聞いた。
それまで気づかなかったらしく、お清は大仰《おおぎょう》に驚いて、
「びっくりするでねえか」
怒ったように言い、慌てて目頭をごしごしと拭《ぬぐ》った。

その頰は今日も赤い。

「何かあったのか」

小次郎に聞かれ、お清はこくっとうなずくと、

「死んじまった」

「うむ？」

「一番下の妹だ。たった今秩父のおっ父《と》うから便りがきて、番頭さんに読んで貰ったら、三日前に死んだと」

「患《わずら》っていたのか」

「妹は小さい頃から躰が弱かっただよ。だからおらがずっと面倒見てた。育ちが遅くて、いつまで経っても痩せて小さかった」

「………」

「おらが奉公に上がる前の日だって、床で寝てただよ。それで次の日に井筒屋の人が迎えに来て、おらが荷物を背負って家を出ると、妹が不意に飛び出して来て千切れるほど手をふって、お姉ちゃん待ってるよって。年季が明けるの待ってるよって。躰がふらついて転んでも、いつもはすぐ泣くのにそん時は笑ってた。笑いながら、お姉ちゃん今まで有難うって、そう言っただ」

「……」

「それきり会ってねえから、あれがまるで別れみてえでねえか。だからそれを思い出してよ、おら、どうにもやりきれなくて……」

目から鼻からぽたぽたと水を垂れ流して、お清は壮烈に泣く。

「……気の毒だな」

それまで静かに聞いていた小次郎が、ぼそっと言った。

「小次郎様もそう思うかね」

「うむ」

小次郎がやるせないような溜息を吐き、

「お清、人の命というものは決して等しくはない」

「ああ」

「生まれ落ちてより、誰にも定められたものがある。それを知らずに生きて、明日に希みをつなぐ。明日という日がない者も、明日はあれをしようこれをしようと思いをめぐらせる。神のみぞ知る人の命とは、はかないものなのだ」

「んだなあ、おらだっていつまで生きるか知れたもんじゃねえ……」

「おまえ、蜉蝣《かげろう》を知ってるか」

「知ってるよ。二年か三年の間、水のなかにいてやっとこさ出てくるんだ。おらの田舎によくいたよ」

「蜉蝣は夏の初めの、ある日の夕方に大人になり、子を産むや、わずか数刻で死ぬ。それは人間から見れば、きわめて短く思えるかも知れんが、蜉蝣にとっては長い数刻なのかも知れんのだ」

「数刻が一生なんて、おら、嫌だ」

「そうだな。おれも嫌だ」

「あはははは、小次郎様もかね」

「うむ。そこで、お清」

「へえ」

「命というものは、長い短いだけではなく、神に与えられたそのなかでどれほど充足して生きるかであろう。そう思わんか」

「思うよ。だから妹の分もしっかり生きなくちゃいけないんだ」

「それがわかっていれば、おまえは大丈夫だな」

「励ましてくれて有難う、小次郎様」

「うむ」

小次郎はお清の手を強く握ってやった。

するとお清も夢中で握り返し、「有難う、有難う、小次郎様」と言い、それで少しは表情もやわらぎ、店へ戻って行った。

「……………」

小次郎はその背を見送り、暫《しば》し川面《かわも》を眺めていたが、やがて橋の上へ出て日本橋の方へ向かって歩き出した。

お清のけなげさや純朴さが、新鮮に感ぜられた。

ああいう娘は苦手だったはずなのに、蛶蝣の話までする自分に戸惑いを覚えた。

おのれの変化に、少なからず驚いたのだ。

石田の家以外の人間で、初めて知り合った娘だ。これから大事にしてやろうと思った。お清のことを、もう邪険には考えなくなっていた。

しかしそこで別れたお清と、小次郎が再び会うことはもうなかった。

八

翌朝になって小夏が駆け込んで来た時、小次郎はまだ寝床のなかにいた。

目を覚ましてはいたが、あることに思いをめぐらせていた。それはお清を喜ばせる術《すべ》を思案していたのだ。何かうまいものでも食わせてやるか、あるいはよそ行きの着物がいいか、あれこれ迷っていた。

そんな自分は噴飯《ふんぱん》ものと思ったが、すでにおのれの変化を不思議とは思わなくなっていた。

「小次郎様っ」

息せき切らせて寝室へ踏みこみ、仰臥《ぎょうが》した小次郎の寝姿を見てあっとなり、小夏はうろたえて外へ出ると、小さい声ですみませんと言った。

小次郎はすぐに帯を締め直し、隣室へ行って座った。

小夏はその前へ行って畏《かしこ》まると、

「おとつい、ここへ来たお清ちゃん」

「お清がどうした」

「死んだんです。たった今知らせがありました」

「……………」

一瞬、小次郎の目に兇暴な光が走ったように見えた。

小夏は怕《こわ》いものでも見たように、とっさに身を引く思いがした。

（この人には、まだまだあたしの知らない面がある）

その時、そう思った。

小次郎は衝撃を抑え、冷静さを失うまいとするようにしながら、

「どうして死んだのだ」

抑揚のない声で言った。

「いいえ、詳しいことはまだ何も。ただ、自害したみたいなんです」

「自害？」

「蔵のなかで首を吊《つ》ったって聞きました」

「……………」

小次郎が不意に立ち、隣室へ行って手早く着替えを始めた。

鼠色の紗《しゃ》の単衣に、黒の博多帯だ。

小夏はそれへ背を向けながら、

「どこにお出《い》でんなるんですか」

気になるように聞いた。

「井筒屋だ」

小夏が驚いて、

「えっ、あの、ちょっと待って下さい。どうして小次郎様が」

「お清がみずから死ぬなど、信じられん」

「だって小次郎様は、あの子のことそんなに知ってるわけでは」

「昨日、中之橋でばったり会った。国から知らせがあって、妹が死んだと言ってあいつは泣いていた。それでいろいろ話しこんで、おれとしては励ましてやったつもりだ。しっかり生きると、その時お清も言ったのだ」

「でも、だったら……きっと妹の死んだことが耐えられなかったんですよ」

「そうかも知れん、あるいはそうではないのかも知れん。おれは得心がゆかぬ」

「あっ、小次郎様」

刀を腰に落とし、小次郎が離れを出て行った。

小夏は立って部屋を開け放ち、布団《ふとん》を畳みながらふっと動きを止めた。

そういえば、小夏もお清の死には得心のいかないものを感じていた。

あの純で無垢な子の、突然の自害だ。そのことがどうしても結びつかない。

ここへ立ち寄ってはお種ととりとめのない話をし、小夏にも冗談をとばしていたあの明るい子には、無限の生命力があったはずだ。

いったい何があったのか。

妹の死なんぞが原因とは、とても思えなかった。自害は動かし難い事実としても、原因は別にあるのではないのか。

小次郎とおなじ不審を募らせ、そこで小夏も行動を起こすことにした。

九

大奥御用達をつとめるだけあって、小間物屋の井筒屋はご大層な大店であった。日本橋本石町一丁目の目抜きに、二百坪ほどの敷地を擁し、優に他を圧している。

店の表に武家の女駕籠《おんなかご》が止まり、供の者たちがものものしく控え、店内ではしかるべき奥方や息女が、付女中らとともに化粧道具やかんざしなどを選んでいる。その周りで色白の手代たちが、米搗《こめつ》きばったのようにして対応している。

小間物屋だけにほとんどは女客で、他の商家と違って、静かなざわめきのなかに華やいだ雰囲気が満ちていた。

店はまったくいつもと変わらぬ様子で、ひとりの女中が死んだことなど、まるでなかったかのように見受けられた。

そんななかへ、牙小次郎がぬっと入って来た。

女客の視線が一斉に集まり、そして一瞬賑わいが静まり、息を呑むかのような間があった。

女たちの目は小次郎の品定めだが、その風姿に不可解なものを感じたようで、すぐに小間物の方へ興味を戻した。

気位の高い女たちにとって、小次郎など無用の存在なのだ。

小次郎のような闖入者《ちんにゆうしや》は店にとっても迷惑だから、大番頭の米八《よねはち》というのが揉み手をして駆け寄って来て、

「お武家様、なんぞ？」

笑みは湛えているものの、迷惑を見え隠れさせながら問うた。

「女中のお清のことを聞きたい」

「へっ……」

米八が狼狽《ろうばい》を露《あらわ》にした。

困り果てた顔になり、周囲を憚《はばか》って、

「わかりました、どうぞこちらへ」

土間伝いに小次郎を導いた。

そして粗末な小部屋へ招じ入れると、少しお待ちをと言って出て行き、ややあっ

ておひねりを手に戻って来て、

「これを差し上げますから、どうかお引き取り下さいまし」

冷やかな口調で言った。

小次郎のことをゆすり、たかりの類と誤解しているようだ。

小次郎はそんなものには目もくれず、かっと米八を正視して、

「そういう挨拶の仕方があるのか」

凜としてよく通る声で言った。

米八はそれだけで色を失い、まごついて、

「と申されましても、死んだ者の何をお尋ねになりたいのですか。お清の骸《むくろ》はもうここにはございません」

「まさか捨てたのではあるまいな」

すると米八は憤然として、

「何を仰《おお》せられますか。当家はれっきとした大奥御用達の大店、たとえ奉公人ひとつの骸とてないがしろには致しません。霊巌島町《れいがんじまちよう》の慶光寺《けいこうじ》という懇意《こんい》にしているお寺に、お清の骸は預かって貰っております。秩父のふた親に早飛脚を出しましたから、明日には骸は引き取られるはずでございます」

「霊巌島町の慶光寺だな」

「左様でございます」

「して、お清は何ゆえ死んだのだ」

「そ、それは……」

「有体《ありてい》に話してくれ」

　小次郎に見つめられ、米八は後に引けなくなって、

「昨夜遅くに、あたくしが夜廻りをしておりましたら、蔵に灯《ひ》がついており、不審に思ってなかへ入りますと、お清が梁《はり》に細紐《ほそひも》を吊るしてぶら下がってたんでございます。大騒ぎになって皆でお清を下ろしましたが、すでにこと切れておりました。書置きも何もございませんでした」

「自害したわけはなんだ」

「さあ」

「思い当たることはないか」

「たぶん、秩父の妹が死んだことを苦にしたのではないかと……」

「違うな」

「はっ？」

「それは違う、嘆き悲しんではいたが、そのことではお清は死なん」

「お、お武家様はお清とはどのような関わりなんでございますか」

「おれは竪大工町の纏屋の間借り人だ。そこの女中とお清が同郷のよしみで、よく遊びに来ていたらしい。そこでおれとお清は知り合った。あのけなげな娘に何があったのか、本当のことを知りたい」

小次郎が真摯《しんし》に言うので、米八は圧倒され、恐縮もして、これまでの接し方が間違っていたことに気づき、

「ではそれにつきましては、てまえどもの主《あるじ》に説明をさせますので」

小次郎を丁重《ていちょう》に扱うようになり、他の部屋へ移ることを告げた。

言われるままに小次郎が米八にしたがい、廊下を奥へ進んで、客間らしき広座敷へ通された。

そこで暫し待たされていると、井筒屋の主が米八とともに入って来た。

主は彦左衛門《ひこざえもん》と名乗り、さすがに大店を支えているらしい貫禄と風格で、五十がらみの大柄な男であった。

「番頭がいろいろとご無礼を致したようで、申し訳もございません」

彦左衛門が穏やかな口調で、まずは米八の非礼を詫びておき、

「お尋ねの件は、お清のことでございまするな」

「そうだ」

「お清は確かに自害ではございましたが、実際のところは、死に追いやられた、と申す方が正しゅうございましょう。わたくしも、忸怩《じくじ》たる思いがございます」

「その事態を見過ごしていたのか」

「はい、何せお相手が……このお方の前では手も足も出ません」

「誰なのだ、それは」

「三つ葉葵でございます」

「何」

「天下の水戸家のご息女、爛姫様にございます」

「詳しく話せ」

「はい」

そこで彦左衛門が話したことは、こうである。

昨日の昼の七つ（四時）頃になって、爛姫の一行が店に現れた。

青漆砂子《せいしつすなご》塗りの女駕籠で乗りつけ、供は老女玉蟲、お側御用鳥子右膳、そして後は若党《わかとう》、中間《ちゆうげん》、小者《こもの》、陸尺《ろくしやく》、女中たちである。

それは丁度、お清が小次郎と中之橋の川原で別れ、店に戻ったのとほぼおなじ刻限であった。

爛姫には何年越しかの贔屓《ひいき》にして貰っており、上得意でもあるから、彦左衛門みずからが応対をした。

むろん店ではなく、小次郎が今いるこの広座敷である。

その日は化粧道具ではなく、髪飾りが欲しいということで、櫛《くし》、かんざし、笄《こうがい》などをきらびやかに並べた。

そこに同席したのは、爛は元より、玉蟲と鳥子の二人で、いつものことだが他の者は別室で待機となった。

爛は癇性《かんしょう》が強く、時に気難しいところもあるので、彦左衛門は細心の注意を払って接した。

やがて女中頭を先頭に、数人の女中が茶菓子を運んで来た。その末端にお清もいた。

それでひと休みということになり、爛もくつろいだ。

その日の爛姫は、買物ゆえにお楽召しで、七草の形を染め出したる絽《ろ》を着て、下召しは白麻で、帯は縮緬《ちりめん》である。

「ぷっ」

誰かが吹き出した。

爛の視線がすばやく流れ、お清を捉えた。

お清は爛と目が合うと顔色を変え、慌てて伏し目になった。

「その方、何がおかしゅうて嗤《わら》った」

爛がお清を咎《とが》めた。

座の空気が一変し、たちまち息苦しいものになった。

彦左衛門が青くなり、他の女中たちも身を硬くした。

玉蟲と鳥子は、突き刺すような目でお清を見ている。

お清がもじもじとしてうなだれ、何も言わないので爛はさらに猛《たけ》り狂った。

「なぜ返答せぬ。わらわの何を見て嗤ったのじゃ」

「……」

彦左衛門が慌ててとりなそうとすると、爛は強い目で睨んで何も言わせず、やおら立ち上がってお清の前へ座り、

「わらわのことがおかしかったのであろう。そのわけを申せ。吹き出すほどに滑稽《こっけい》だったのじゃな」

「……」

お清は萎縮して何も言えず、ただひたすら頭《こうべ》を垂れている。

「ええい、この慮外者《りよがいもの》めがっ」

爛が扇子でお清を続けて打ち、不快な面持ちで立ち上がると、やおら「帰る」と言って裾をひるがえし、足早に出て行った。

玉蟲と鳥子が血相変えてその後を追う。

彦左衛門もその後を追わんとしたが、事態の重大さにわらわらとなって座り込み、

「お清、おまえ、いったい姫様の何がおかしかったんだ」

「いえ、あたしはそのう……」

「有体に言いなさい」

「お菓子を並べてましたら蠅《はえ》が飛んできて、あたしの目の前に止まってくるくるっと廻ったんです。それで目を廻したように倒れたんで、それがおかしくって……」

彦左衛門が唖然となり、

「そ、それじゃ姫様のことを嗤ったんじゃないのかえ」

「お姫様のことを嗤うなんて、とんでもありません。あたしは蠅がおかしかっただけなんです」

彦左衛門が拍子抜けしたように苦笑し、他の女中たちもくすくすと笑った。

そこへ玉蟲と鳥子が入って来た。一行を先に行かせ、二人だけ戻って来たようだ。

「井筒屋、ちと蔵を借り受けるぞ」

鳥子が厳《いか》めしい顔で言った。

彦左衛門が戸惑って、

「く、蔵を何にお使いで？」

すると鳥子はお清を陰湿な目で睨み、

「この者を折檻《せっかん》する」

「えぇっ」

「本来ならその方を、雇い人の監督不行き届きで咎めるところだが、大奥筋に聞こえても困るでの、こたびは大目に見よう。代りにこの下女を打擲《ちょうちゃく》致す。早く蔵を開けい」

その場の空気が凍りついた。

彦左衛門はお清を庇《かば》って抗弁したが、聞き容《い》れて貰えず、二人がお清を引っ立てて蔵へ向かった。

それから蔵のなかでお清は折檻され、その悲鳴や啜《すす》り泣きが延々と二刻（四時間）も続き、彦左衛門たちはなす術なく蔵の前に座り込んでいた。

ややあって玉蟲と鳥子が傲岸《ごうがん》な面持ちで出て来て、何も言わずに立ち去った。

全員で蔵へ駆け込むと、お清は息はしていたものの、死人のようになっていた。

皆で介抱したが、お清はまるで魂が抜けてしまったようで、誰とも口を利かず、晩飯も取らずに床に入った。

そして店の者たちが寝静まった頃、お清は女中部屋を抜け出して蔵で首を吊ったのだ。

「これが偽らざる、事の顚末《てんまつ》でございます」

彦左衛門が叩頭し、米八もそれに倣《なら》った。

「お清はひどい仕打ちをされて、生きる希みを失ったものと……不憫《ふびん》でなりません」

面《おもて》を伏せた彦左衛門が啜り泣く。

小次郎は眉間《みけん》を険しくしたままひと言も言葉を発せず、やがて重い溜息を吐いた。

それはまるで怒りの炎を吐き出したかのようで、彦左衛門は一瞬怖れを覚えた。

小次郎が井筒屋を後にし、少し行くと女中の一人が追って来た。

お清とおなじような年頃で、その娘はまん丸顔だ。

「牙小次郎様ですね」

小次郎が歩を止め、女中に向き直ると、

「おれの名を誰から聞いた」

「お清ちゃんです」

女中はお清の朋輩《ほうばい》の仲《なか》と名乗り、

「国の妹が死んで落ち込んでる時に、牙様に慰められたと、お清ちゃんから聞かされました」

「……」

「お清ちゃん、とっても感謝してましたよ。あんな嬉しかったことはなかったそうです。これから時々牙様の所へ遊びに行くんだって、楽しそうに語ってました」

「それは水戸の姫君が来る前のことだな」

「そうです。それから……」

お仲が表情を曇らせ、少し言い淀んで、

「大旦那さんから聞いたと思いますけど、お清ちゃんはひどい折檻をされて、様子がおかしくなって寝床に入りました。あたしはいつもお清ちゃんの隣りで、その日あったことをいろいろ話し合って寝るんですけど、ゆうべは何も言わず、それでみんなが寝た後に蔵へ行ったんだと思います。でもその時、最後にひと言言ったのを憶えてるんです」

「お清はなんと言ったのだ」

「憎い、悔しいって」

「………」

「あたし、あのお姫様は大嫌いです。よそで何があったか知りませんけど、いつもあたしたちにつらく当たるんです。おなじ本石町の呉服屋さんでは、姫様の前で粗《そ》相《そう》をした八つの小僧さんが、お供のお侍に小指を折られたそうです」

「………」

「弱い者いじめをするなんて、下の下じゃありませんか。何が天下の水戸様ですか」

小次郎が辺りを憚って、

「おまえ、それを人前で言うな」

「わかってます、牙様だから言えるんです」

「おれの何を知っているというのだ」

「わかるんです、弱いあたしたちの話を聞いてくれる人か、そうでないか」

「ふん」

木で鼻を括《くく》るようにし、それで小次郎は背を向けた。

それでもお仲は、胸躍らせるようにしてその背を見送っていた。

十

その日も暮れて三郎三が石田の家へやって来ると、番頭の松助が帳場から相好《そうごう》を崩し、

「こりゃ紺屋町の親分、奥でお待ちかねですよ」

明るい声で言った。

二十三歳の三郎三は、親分と呼ばれるとすぐに嬉しくなって、にこにこと照れ笑いをしながら上がって行った。それで広吉や職人たちと廊下で会うと、軽口をとばしたりしながら奥の小夏の居室へ入った。

するとそこにはもう酒肴《しゅこう》の膳が整えられていたから、三郎三はまた嬉しくなって、

「なんだかすまねえな、女将」と言ってその前にどっかと座った。

箱膳には肴《さかな》として、艶のいい佃島《つくだじま》の佃煮が小皿に盛りつけてある。

小夏は、「いいえ、こちらこそ。お使い立てしてすみません」と言いながら三郎三に酌をして、

「それで、どうでした」

身を乗り出すようにして聞いた。

井筒屋の女中お清の身に起きたことを、小夏は三郎三に調べに行って貰ったのだ。その件は田ノ内伊織ではなく、他の定廻り同心の受け持ちだったが、その人の所へ足を運んで、三郎三が聞いて来たのである。

お清は覚悟の自害で、その死に事件性がないから、すでに詮議は終えていた。

「まったく、ひでえ話さ」

三郎三が吐き捨てるように言い、小次郎が彦左衛門から聞かされたのとおなじ内容の話を、小夏に語って聞かせた。

江戸っ子の常で、小夏はもう単純に怒りがこみ上げて、

「その爛姫様って人、町場でそんなことばかりしてるみたいですけど、どうしていい歳して嫁に行かないんですかね」

「そいつも聞いてきたぜ。本当のところはご当人にしかわからねえが、ともかくわ

がままでよ、くる縁談は片っ端から断ってるみてえなんだ」

「よくありがちなわがまま姫なんですか」

「ああ、それでぶらぶらしてて暇だから、町場へ出て来ちゃ弱い者いじめをするんだろうな」

「たちが悪いですね」

「陰じゃあよ、毒蛇姫って呼ばれてるらしいぜ」

「毒蛇姫……」

「噛まれるとひでえことになるだろう」

小夏はおぞましげな顔になって、

「なんとか懲らしめる法はないのかしら」

「おいおい、恐れ多いこと言うなよ。相手は天下の三つ葉葵だぞ。御三家水戸家に逆らう奴なんて、どこを探したっていやしねえよ。みんな、触らぬ神に祟《たた》りなしなんだ」

「裏から行って、蹴とばしてやろうかしら」

「女将、気持ちはわかるけどな、そこんとこ抑えて、抑えて」

「ううん、蹴とばすくらいじゃ足りないわ。お清ちゃんは本当にいい子だったのよ。

その子を自害するまで折檻するなんて許せない。夜道でばっさりやってやろうかしら」

三郎三が酒にむせて真っ赤になり、

「よしてくれよ、女将。そんなことしてみろ、おれだって只じゃ済まねえんだぞ」

とんとんと苦しそうに胸を叩き、

「そ、それより女将、あの間違いの辻斬り浪人、ここに住んでるんだってな。広吉さんから聞いてびっくりしたぜ。名めえはなんてえんだ、どんな人なんだ」

「お名前は牙小次郎様」

「なんだって？　牙っ……」

三郎三がぽかんと呆れ顔になる。

「気高くて近寄り難くってね、ちょっと怕いんだけど、頼り甲斐のある人よ」

三郎三に妙な詮索をされないため、千両の話はしないでおいた。

「へええ、女将も随分とものの好きだな。そんなやり難そうな人を、よくぞ住まわせる気になったもんだ」

「あたしの勝手でしょ」

「まっ、そりゃそうだけど……」

「はい、ご苦労様。これは手間賃です」

あらかじめ用意しておいた二分銀の紙包みを、三郎三につかませた。

「お、すまねえ、遠慮なく」

それを手にし、三郎三は帰って行った。

小夏が箱膳を抱えて台所へ行き、それを片づけていると、小次郎がやって来て廊下から顔を出した。

「女将、冷や酒をくれんか」

「は、はい、今お帰りで？　晩ご飯はどうしますか」

「酒だけでいい」

小次郎が暗い面持ちで言い捨て、離れへ去った。

その様子が気掛かりだったので、小夏は手早く冷や酒を用意し、離れへ向かった。

そこに小次郎は、陰惨な顔で座っていた。

小夏はちょっとたじろいで、それでも恐る恐るそばへ寄り、盆ごと酒を差し出すと、

「今日はどちらへいらしたんですか」

小次郎は冷や酒を一気に呷《あお》り、

「霊巌島町の慶光寺という寺だ」

「そんな所へ、どうしてまた……」

「井筒屋で聞いて、お清の骸を見に行った。最後の別れのつもりだった」

「へえ、それで？」

「……」

「それでどうしたんですよ」

「その先を言わせるのか」

「え、だって言ってくれないことには、あたしには何が何やら……」

「見るも無惨であった」

小夏が声を呑んだ。

「お清の顔は赤黒く腫れ上がり、あばら骨は三本がとこ折れていた。手の指の骨も二本が折られている。すべて姫君の家来どもの仕業だ。いや、あるいは姫が命じてやらせたのかも知れん」

「ひどい……」

小夏は胸苦しくなり、表情を歪《ゆが》めて顔を背《そむ》けた。

「あれは折檻どころか、殺したも同然だ」

「そ、そうですよ。お清ちゃんは自害なんかじゃない、殺されたんですよ」

小夏が血を吐くような声で言った。

だが小次郎はそれきり黙りこみ、一点から目を離さずに酒を口に運んでいる。

その様子を見ながら、小夏がおずおずと切り出して、

「それであのう、小次郎様。この始末、どうつけるおつもりですか」

「始末？」

「だってこのままじゃ済まないじゃありませんか。悪いことをした奴ははっきりしてるんですから」

「……」

「血が騒ぎゃしませんか。黙ってじっとしてるんですか」

「血が騒いでいるのはおまえの方であろう。おれは何もしない。この件はこれまでだ」

「そんなんでお清ちゃんが浮かばれると思いますか」

「おまえはおれに何をやらせたいのだ。天下の水戸家と戦《いくさ》でもしろというのか」

そう言われると、小夏は言葉に詰まり、

「あ、いえ、ですから……」

「引き取ってくれ。おれは今宵、ひとりでお清のとむらいをしてやりたいのだ」

「…………」

わかりましたともなんとも言わず、小夏は黙って力なく出て行った。

それから小次郎はひとり静かに酒を飲み、胸のなかに沸々《ふつふつ》と湧き起こってくる厄介な感情を、しだいに抑えきれなくなってきたのを感じた。

（このまま、どうして済まされよう）

それは兇暴な、嵐のような感情だった。

十一

翌日になって、小次郎は人知れず行動を起こした。

石田の家の裏手から顔を出し、周囲を窺ってから外へ出た。近くに太鼓屋があり、とんとんと革張りを打って、音合わせをしている様子が伝わってくる。

まず神田から浅草《あさくさ》へ出て、両国橋を渡って北本所へ入り、小梅村の水戸家下屋敷の周辺で聞き込みを行った。

それで、下屋敷の奉公人を世話している口入れ屋をつきとめた。口入れ屋は田島《たじま》屋という屋号で、浅草花川戸《はなかわど》にあるという。

江戸の地理に不馴れだから、神田、両国、本所、深川《ふかがわ》、浅草など、大きくは頭に入っているが、各町名となるとおぼつかなく、いちいち道行く人に尋ねた。

大川橋をまた浅草の方へ戻り、だが花川戸には造作《ぞうさ》なく行けた。

田島屋は間口の広い大店で、求職者が溢れて活気があった。

小次郎は店へ入り、番頭らしき男に当たりをつけて、水戸家下屋敷のことで聞きたいことがあると言った。

番頭は用心する目になったが、下屋敷の詮索ではなく、そこを辞めた人間を知りたいと小次郎が言うと、

「またでございますか」

番頭が奇妙な表情を作って言った。うんざりしたようにも見える。

小次郎が聞き咎めて、

「またとはどういうことだ」

「それが、つい先ほどもおなじことを尋ねられたものですから」

「それはどんな男だ」

「いいえ、女の方でございます。三十前の、渋皮のむけたきれいな人でございまし

たよ」

予想がついて、小次郎がふんと鼻を鳴らした。

十二

「嫌だ嫌だ、けえってくれ。おれぁ何も喋《しゃべ》らねえぞ」

赤子をおぶい紐で背中に括りつけた初老の男が、かたかたとちびた下駄を鳴らし、曲がりくねった路地のどぶ板を踏んで懸命に逃げている。

ゆっさゆさと烈しく揺さぶられているにも拘《かかわ》らず、赤子はぽかんと口を開けて熟睡している。

男は水戸家の元渡り中間で業平《なりへい》、それを追いかけているのは小夏だ。

「業平さん、そんなこと言わないであたしの話を聞いて下さいよ」

「結構だ、聞く耳持たねえぞ。辞めたとはいえ、主家を裏切るようなことはおれにゃできねえ」

「裏切るというからには、やっぱり何かあるんですね」

「ねえねえ、何もねえ。お姫様は気立てがいいし、ご家来衆もよくできた人ばかりだ」

「それじゃ、なんだって辞めたんですか」

「辞めたんじゃねえ、辞めさせられたんだ」

「そのわけを聞かせて下さい」

「それどこじゃねえ。仕事を探さなくちゃいけねえのに、娘が孫連れて出戻ってきちまった。赤子をおぶって口入れ屋に行くわけにゃいくめえ。ああ、畜生めえ、どうしてくれるんだ。こちとら明日のおまんまにも事欠く有様なんだぞ」

「只で話を聞かせてくれとは言いませんよ」

小夏が追いつき、業平の肩をつかんで一分金を見せつけた。

「ああっ、天の恵みだ」

業平が思わずそれに手を伸ばすと、横合いからすっと一両小判が突き出された。

驚いた業平と小夏がそっちを見ると、駒形町《こまがたちょう》の大通りを背にして小次郎が立っていた。

「小次郎様、どうして……」

「女将、おまえこそ何をしている。なんの真似だ」

小次郎の第一声を聞いたとたん、熟睡していた赤子が火がついたように泣き出した。手をつっぱらせ、そこから脱出したがっている。

話し合いはそれで中断した。

業平がやさしく揺すっても泣きやまず、仕方なく小夏が紐を弛めて赤子を引き取り、よいよいよいとあやしてみた。

すると赤子はぐずつきながらも、少しは泣きやんだ。

小次郎が皮肉な目で小夏を見て、

「よく似合ってるぞ、その姿」

浴びせた。

小夏がぷうっと膨れて小次郎を睨んだ。

結局、二人は業平の長屋へ連れて行かれ、そこで話を聞くことになった。

その途中で業平の娘が帰って来て、赤子をおぶってまたどこかへ出かけて行った。

業平の前には一両一分が揃えて置かれ、久しぶりに見る大枚に気も弛み、莨《たばこ》をぷかぷか吹かしながら、

「なんでも聞いて下せえ、知ってることはみんな話しやすから」

業平が手の平を返して言うと、

「おおよその察しはつきますぜ。おめえさん方、毒蛇姫のことを聞きてえんでしょう」

二人の正体を詮索もせず、自分の方から言い出した。

小次郎は小夏と見交わすと、

「いかにもその通りだ。毒蛇姫は何ゆえ町場で狼藉を働く」

「何ゆえかは知りませんけど、きっと世の中が面白くねえんでしょう。お屋敷のなかにいても、あっしらにもよく剣突《けんつく》を食らわしておりやしたよ。だから奉公人はみんな、毎日びくびくして仕えてるんです」

「縁談も片っ端から断ってるそうね」

これは小夏だ。

「それについちゃ、ちょっとばかりおかしなことがあるんですよ。見合いが済んだ後なんかに、姫様がよくご老女様とお側御用人様に怒ってました。それを盗み聞きしてると、姫様はその縁談に乗り気だったのに、いつの間にか破談てことになって、これはどうしたことかとお二人に詰め寄ってるんです」

「で、そのご老女と御用人はなんて答えてるの」

これも小夏だ。

「姫様にはあのお方はふさわしくありませんとかなんとか言って、お相手の身持ちなんぞを並べ立ててましたよ。けどあっしが知る限り、そんな行いの悪い相手じゃねえんです」

　小夏が眉を吊り上げ、

「それじゃまるで、その二人が姫様の縁談を壊してるみたいじゃない」

「ずばり、その通りなんで」

「どういうことなの」

「そんなことはあっしにゃわかりやせんよ。ご老女様とお側御用人様の思惑でござんすからね。これまでも縁談が持ち上がると、そのお二人がなんのかんのと文句をつけて破談にしております。姫様に嫁に行って貰いたくねえのかなあ。けど姫様の本音としちゃあ、早えとこお屋敷を出て嫁に行きてえはずです。それが思い通りにうまくいかねえ。それやこれや苛々《いらいら》が募って、町場へ出て癇癪《かんしゃく》を起こすんじゃねえんでしょうか」

　そこで言葉を切り、業平は莨の灰を灰吹きに落とすと、

「親許からは年に千二百両ものお化粧代が出てて、何不自由のねえ身には違えねえんですが、金にゃ替えられねえんですよね」

「おまえはなぜ屋敷を辞めさせられたのだ」

小次郎が問うた。

「へえ、そいつぁ……さる藩の若殿から付け文を頼まれやしてね、そのお方はつい先頃見合いをして断られたんですが、姫様への思いが断ち切れなくって、あっしに橋渡しを頼んできたんです」

「それが見つかったのか」

「へえ、どじ踏んじまって。姫様に付け文を渡そうとしたら、ご老女様に見つかって文を取り上げられ、烈火のごとく怒られてその場でちょんでさあ。もうあんなお屋敷は、まっぴらご免ですよ」

十三

駒形町の業平の長屋を出て、大川端に立った。

数日前の雨で大川は水嵩《みずかさ》が増し、そこを屋根船、猪牙舟《ちょきぶね》、伝馬船《てんません》など、多くの船が輻輳《ふくそう》している。

今日も曇り空で、湿り気を含んだ風がひゅうっと吹いて、佇《たたず》む小次郎と小夏を嬲《なぶ》った。

「女将、何を考えている。それをまず聞かせろ」

小次郎に見つめられ、小夏は困ったような目を逸《そ》らして、

「そう言われても、あたしとしてはどうしても気持ちが治まらなかったから……いえ、水戸家のお姫様ともあろう人が、どうしてこんなことをしたのかと知りたくなったんです。それだけですよ」

「果たしてそれだけか」

「ほかに何があるってんです。あたしは正直に言ってるつもりですよ」

そう言って、小夏は小次郎の正面に立ち、

「そういう小次郎様こそ、なんですか。お清ちゃんの件はこれでおしまいだ、何もしないと言っておきながら、どうしてお清ちゃんのことで動き廻ってるんですか。あたしに言ったことと、まるっきり裏腹じゃないですか」

「それは……」

小次郎が言葉に詰まった。

「それは、なんです。はっきり言って下さいよ」

「余人を巻き込みたくないからだ」

小夏が息を呑むようにして、

「たった一人で何をするおつもりなんです」

「それは知らぬ方がよかろう」

「そう言われて、はいそうですかと引っ込む女じゃありませんよ、あたしは」

「……」

二人の目と目がぶつかり、一瞬火花のようなものが散った。

小次郎が不意に背を向け、歩き出した。

小夏がその後を追って、

「小次郎様、そんなにあたしが信用できないんですか」

「信用？　……」

小次郎が歩を止め、小夏を見た。

「そうです、信用です。まだ人づき合いとしちゃ日は浅いですけど、あたしは小次郎様をひとかどのお武家と思って信用しています」

小次郎が皮肉な笑みで、

「氏素性、生国《しょうごく》も何も明かさぬこのおれを、信用しているというのか」

「そんなもの、関わりありませんよ。小次郎様がどこで生まれて、どんなご身分だったかなんて、あたしにとっちゃ大したことじゃないんです。あたしは目の前にいる小次郎様を見て、判断してものを言ってるんです」

「………」

「そんな小次郎様を見て、お清ちゃんだって胸を開いたんじゃありませんか」

「………」

小夏が歩み寄って、

「ねえ、ですからあたしにだけは胸の内を打ち明けて下さい。本心を聞かせて下さいましな」

「………」

「小次郎様」

「女将、やはりおれがやろうとしていることは言えんな」

「………」

「しかしこれだけは言っておく。お清の件にはもう手を出すな。纏屋の女将に戻れ」

「そんなあ……」

不服顔になる小夏を残し、小次郎は立ち去った。

小夏はその場に立ち尽くし、あれこれ思いをめぐらせていたが、何かを思い出したようになってはっと顔を上げた。

それは長いこと胸のなかに封印していたことが、ぷつんと弾《はじ》き出されてきたような感じだった。

(遠い昔から、夢に描いていた男……)

それだった。

どうしてかしら、と考えた。

小次郎にやさしくされたわけでもなく、甘い言葉をかけられたのとも違う。むしろその逆で、小次郎はつっけんどんで愛想なしで、いつも小夏を拒否しているようにも見える。

それなのに、どうしてあの人のことがこんなに気になるのかしら。

少しの間、思い悩んだ。

答えの出ないのが、答えのような気がした。

いや、答えを求めるのが怖いような気もしてきた。

(嫌だ、あたしったらいい歳して……)

頰の赤らむのを感じた。

十四

浅草田原町《たわらまち》二丁目の料理茶屋「中喜多《なかきた》」の離れ座敷に、宵の口からいわくありげな男女が密会していた。

料理は本膳から三の膳まであり、鯛の焼き物、鯉のなます、鮒鮨《ふなずし》、海鞘《ほや》の冷や汁、雉子《きじ》の胸肉、山芋と鶴汁、巻するめ、椎茸、まな鰹の刺身、鴨汁、削り昆布のなど、贅《ぜい》を凝らした献立だ。また酒も極上のものを取り寄せ、京都伏見《きょうとふしみ》の銘酒羽衣《はごろも》である。

その酒を酌み交わし、老女玉蟲とお側御用鳥子右膳とが、たがいに妖《あや》しい目で見つめ合い、

「これ、右膳、またぞろ姫様に縁談が持ち上がりましたぞ」

玉蟲が言えば、鳥子は小馬鹿にした笑みを湛えて、

「ほう、今度はどこのうつけかな」

「それがのう、ちとあなどれぬ相手なのじゃよ」

「申されよ」

「京の公卿《くぎょう》家、今出川《いまでがわ》大納言様じゃ」

「なるほど。殿上人《てんじょうびと》であらせられるか」

「相手が公家ではなかなか引き下がるまい。どうしたらよい」

「ふふふ、どうするもこうするも、答えはいつも変わらぬ。姫様に輿入《こし》れされては困るのだ。その縁談も壊さねばならぬ」

「いかにも。輿入れされては、われらが生計《たづき》の手立てがのうなるでのう。化粧代の千二百両が使い放題と申すは、たまらぬ」

「左様、ゆえに姫様には老婆になられても、姫様でいて貰わねばならぬ」

「あの姫が老婆にか、それはよい」

二人が邪悪な含み笑いをし、やがて何か異質なものを感じてぴたっと笑みを消した。

もう一人の男がどこかで含み笑いをしていて、それが二人がやめた後も不気味に笑い続けている。

玉蟲がさっと顔色を変えて見廻した。

笑い声は隣室から聞こえている。

鳥子が刀を取って立ち、隣室との襖《ふすま》を開け放った。

そこに黒い影が幽鬼《ゆうき》の如く立っていた。

「貴様、誰に断ってここへ」

鳥子が吠えた。

男がじりっと近づいて来た。

黒の着流しに黒漆の刀の一本差で、行燈《あんどん》の灯が牙小次郎の白面を照らし出した。

「何奴っ」

「夜来る鬼、とでも名乗っておこうか」

「何い」

鳥子がど肝を抜かれ、玉蟲は眉吊り上げて懐剣《かいけん》に手をかけた。

「おまえたちは、御家《おいえ》に巣くう害虫だな」

小次郎が決めつけると、鳥子は図太い笑みを浮かべ、

「それがどうした。これは茶番なのか。みずからを鬼と名乗るとは、笑止千万。なんのつもりだ」

「これからおまえたちを成敗《せいばい》するのだ」

「おのれっ」

鳥子が腕に覚えの柳生新陰流を見せつけんと、ぎらりと抜刀した。

だが小次郎は抜き合わさず、虚心の体《てい》だ。

それが何やら怖ろしいものに感じられ、鳥子は刀を構えて後退した。

それを見た玉蟲が、部屋の隅へ避難した。

その玉蟲を小次郎が鋭く見据え、

「おまえには下屋敷へ同道して貰おう」

「な、何をたわけたことを。その方はこの場で鳥子に斬られるのじゃ。生きて表へは出られぬわ」

「ほざくがいい、この不忠者」

小次郎がずかずかと玉蟲に寄り、その手から懐剣をもぎ取って放り投げ、右手をつかんで、

「おまえたちは人の指を折るのが好きなようだな」

言うや、玉蟲の右手小指の骨を無造作に折った。

「ぎゃっ」

激痛に玉蟲がうずくまり、右手を抱え込んで泣き叫ぶ。

その間、鳥子はなす術なく、茫然と小次郎のやることを見ていた。

「どうした、かかって来い」

そこで初めて小次郎が刀を抜き、鳥子に対峙《たいじ》した。

鳥子が正眼に構え、小次郎を睨み据えるが、その息遣いがしだいに荒くなり、巨体が波打ち、顔が怒りと焦りで真っ赤になった。

「とおっ」

怒号を発し、斬り込んだ。

勝敗は一瞬でついた。

鳥子が斬りつけるよりも速く、小次郎の刀が袈裟《けさ》斬りにしたのだ。

その肉体が二つに裂かれたようになり、夥《おびただ》しい流血が始まった。

それでも鳥子は刀を構えたままの仁王立ちで、

「貴様はなぜこんなことを……なぜだ……」

「それはな、この江戸へ来てからおれが決めたことだ。この都には悪が多過ぎる、ゆえに鬼になろうとな。おまえだけでなく、その屍《しかばね》を乗り越えてさらなる悪を退治してやるつもりでいる。憐《あわ》れ、おまえは血祭りなのだ」

小次郎がまた含み笑いをした。

その笑い声を聞いたかどうか、鳥子はどーっと壮烈に倒れて絶命した。

それを見届け、小次郎がきっと見やると、玉蟲が這《は》うようにして戸口へ逃げんとしていた。

小次郎が躍りかかり、玉蟲を情《なさ》け容赦なく蹴りまくった。

指の激痛が治まらぬまま、玉蟲が大仰に泣き叫んで命乞いする。

「助けて下され、わたくしは烏子右膳にそそのかされただけなのじゃ」

「何を今さら。町場の者たちの痛みがおまえにはわかるまい。権威を笠に着たこの大うつけめ」

「そ、そのことは、もうせぬ……誓ってもうせぬ」

「井筒屋のお清を責め苛《さいな》んだであろう。お清は自害したのだぞ」

「あれは違う、あれは姫のご命令じゃ。痛めつけてやれと申したのは、姫様なのじゃ」

泣き咽《むせ》ぶその胸に、小次郎が鉄拳を叩き込んだ。続けざまに何度も殴打した。

「ぐわっ」

玉蟲が瞬時、絶息した。それから言いようのない痛みが広まった。よだれを垂らして苦しんだ。あばらが折れたのかも知れなかった。

十五

白絹の夜着姿で、その夜爛姫は『源氏物語』三十四帖《じょう》を繙《ひもと》いていた。

その件《くだ》りは、源氏の正室女二宮《おんなさんのみや》と、彼女を慕う柏木《かしわぎ》の物語で、それが紫式部《むらさきしきぶ》の絢爛華麗な筆致で描かれている。

雅《みやび》な王朝の世界に思いを馳せながら、しかし爛は空《うつ》ろなおのれを感じていた。物語に数多《あまた》登場する姫たちを思うにつけ、今の自分が貧しく感ぜられてならないのだ。

水戸家の息女として生まれながら、身内の誰一人として彼女に愛情を注ぐ者はなく、この離れ小島のような下屋敷で、いずれ朽ち果てるわが身を想像すると、そのおぞましさに身の震える思いさえした。

ここを出たい、鳥のように翼を広げて飛び立ちたいといつも夢想しながら、それをなす術を知らず、これまでの習慣にしたがっているわが身が悲しく、また不甲斐なくもあり、その相剋《そうこく》に思い悩む日々なのだ。

かさつ。

その時、庭先を誰かが歩く足音がした。

下屋敷のこんな奥の院まで、夜更けて入って来る者はいない。

警護が厳重だから、また賊などであろうはずもなく、爛は警戒心を持たず、つっと立って障子を開け、廊下へ出た。

月光が那智黒《なちぐろ》の砂利石を黒光りさせているだけで、人影はなかった。その向こうは、森林のような樹木の生い茂った闇だ。

面妖《めんよう》なこともあるものよと、居室へ身をひるがえし、そこで爛は叫びそうになった。

いつの間に侵入したのか、牙小次郎の黒い影が陰惨な風情《ふぜい》で座していたのだ。

「そなたは、何者じゃ」

爛の喉の奥から、か細い声が発せられた。

だが立ち尽くしたまま、爛は人を呼ぶことはせず、逃げようともしなかった。

「そこへ座れ」

低いが、凛としてよく通る声だった。

まだ若いのに、不思議な威風を感じ、爛はなぜか逆らえずに小次郎の言う通りにした。

そうして対座すると、小次郎はよもや賊とは思えず、爛の胸の内もとりわけ波立つことはなかった。

安心感を持つような状況ではないのに、それに近い感情だった。まだ何も語らぬうちから、小次郎に支配されているような錯覚を覚えた。

それがどうしてなのか、爛にもわからなかった。

「そこもとは、一人の娘を死に至らしめた」

小次郎の言葉に、爛が動揺した。

話の矛先が妙な方へ向かうのを感じ、表情を引き締めた。

「なんのことじゃ」

「小間物屋井筒屋の女中清、そこもとにとっては名もなき雑草に近い者やも知れぬが、その婢《はしため》に嘲笑されたと思い込み、折檻を命じた。結句、清は自害して果てた」

「それは……」

「婢が笑った理由は他愛もないことで、決してそこもとを嗤ったのではなかった。その場で婢の慎みのなさをたしなめれば済むことを、折檻にまで及ぶとはゆき過ぎであろう」

「その方、それを咎めに参ったのか」

「左様。これまでもそこもとは巷間《こうかん》にて、癇気を起こしては気ままなふるまいをして参ったな」

「……………」

「しかるにわれ思うに、御三家の血筋と町場の婢と、人としてどれほどの差があろうか。思い上がりは許し難いことだ」

爛の高慢が首をもたげ、冷笑すると、

「その方は何者じゃ。この上の戯《ざ》れ言《ごと》は許さぬぞ。名もなき雑草の命など、取るに足らぬことではないか。わらわが気ままなふるまいをして何が悪い。余人にあらず、水戸家息女であるぞ」

「……………」

小次郎の目に侮蔑の色が浮かび、やがてそれが嘲《あざけ》りに変わって、

「その高慢の鼻、へし折らねばわれに甲斐なし。これぞわが使命と、そこもとを凌《りよう》辱《じよく》致す」

「なんと」

爛がおののき逃げる間もなく、小次郎が襲った。

「よせ、ならぬ」

抗《あらが》う爛の唇が、小次郎の口によって塞がれた。

強く吸われ、めくるめく思いがしたが、爛はそれでも必死に小次郎をつっぱねた。

だが無駄だった。

爛の髷の元結が外され、黒髪が孔雀《くじゃく》の羽のように広がった。見る間に帯が解かれ、白絹の夜着が乱された。

不意に、小次郎が爛の耳許で問うた。

「そこもとの出自が知りたい。母方は何者ぞ」

「それを聞いてどうする」

「憐れんでやるのだ、せめてもの手向《たむ》けのつもりだ」

「言わぬ」

間近で二人の視線がぶつかった。

「言わねば、さらに嬲る」

「嫌じゃ」

「では躰に聞いてやる」

小次郎が強引に夜着を剝《は》いだ。

そこに未だ人の踏み入らぬ、雪白《ゆきしろ》の肌が晒《さら》された。

十六

小次郎が漢書に読み耽《ふけ》っていると、女中のお種が昼餉《ひるげ》の膳を運んで来た。

「あのう、小次郎様、お清ちゃんのことなんですけど……」

おずおずと声をかけ、小次郎が顔を向けると、お種は恥ずかしげにうつむいて、

「お清ちゃんのことを聞きに、井筒屋さんまで行ってくれたそうですね。有難うございました」

「うむ」

お種はそれだけ言うのが精一杯で、暫しそこでもじもじしていたが、やがて頭を下げて出て行った。

ここの女たちは、小夏を除いて、まだまだ小次郎にうちとけられないようだった。

箸を取ったところへ、小夏がばたばたと駆け込んで来た。

「小次郎様、大変なことを耳にしましたよ」

小次郎は小夏など無視したかのように、飯を口に運ぶ。

「例の水戸家で騒ぎがあったんです。田原町の料理茶屋でお側御用人様が何者かに斬られて、次の日になって、今度はご老女様が蔵のなかに閉じ籠《こ》められてるのが見つかったんですって。しかも蔵の扉には、ご老女様の犯した罪が書き立てられてたらしいんです。なんでもご老女様は、姫様のお化粧代をほとんど遊興に使い果たしていたとか。水戸家のなかのことですから、こちとらにゃ関わりありませんけど、姫様付きが二人も罰せられて、これはどうしたことなんでしょうかねえ」

報告をしながら、小夏の目は疑り深く小次郎の様子を窺っている。

「さあ、どうしたことかな」

「あたしはみんな、小次郎様の仕業のような気がしてならないんですけど」

小夏がずばり言うが、小次郎は泰然《たいぜん》として揺るぎなく、

「この鮎の佃煮、妙にうまいな」

空惚《そらとぼ》けてまた飯を食べ、

「向こうへ行ってくれんか、飯の邪魔だ」

「ふん、いつかあたしが小次郎様の正体を暴いてみせますからね」

小夏が確信に満ちた声で言う。

「はあて、なんの話をしてるのかさっぱりわからんな」

「あたしの目は節穴じゃないんです」

「そうか」

小次郎があくまで柳に風なので、小夏は疑惑を残したまま行きかけ、

「あ、そうそう、肝心のお姫様ですけどね、近々ご出家なされるそうですよ」

「誰から聞いた」

小次郎が真顔になって問うた。

「あたしの手下です」

「手下？」

「岡っ引きの三郎三ですよ。あの人はあたしの言うことならなんでも聞くんです」

また後でと言い、小夏は出て行った。

箸を持つ手を止め、小次郎はふっと物思いに耽り、庭先に目を転じた。

紫陽花《あじさい》が露を含んで見事に咲いていた。

「ご出家なされるか。それもよかろう……」

ひとりごちた。

昨夜の去り際に、爛は母親の出自を小次郎に打ち明けた。

爛の母親は国表で、殿様付きの湯の番だったという。つまり士分ではなく、婢だ

ったのだ。そこで殿様のお手がついて、爛が生まれたという。

その母親はすでに他界しているが、ひとり残された爛は空ろな境涯をさまよい、なす術なく浮世をたゆとうていたのだ。

それを考えると、小次郎の胸は少し痛んだが、しかし何ほどのこともないと思った。

この世の不幸に底はなく、爛がそこまで落ちているとは思えなかったからだ。

小次郎の腕のなかで爛はさめざめと泣き、最後はひしと抱きついてきた。それを小次郎は引き離した。情けはかけたが、情《じよう》に溺《おぼ》れるつもりはなかった。女の肌は一度きりと、決めていたのだ。

それより爛が今出川大納言と縁づかず、幸いだった。

それは小次郎が、よく知る人物だったからである。

空が暗くなり、雨が落ちてきた。

第二話　雅《みやび》な狼

一

やめていたはずの莨に、つい手が伸びた。
埃を被った煙草盆《たばこ》を引き寄せ、煙管《きせる》に葉を詰め、火鉢の炭火で火をつけた。
深々と吸い、紫煙を吐き出す。
不味《まず》かった。
それでも吸い続けた。
そうでもしなければ、気の紛らわしようがなかった。
「白糸《しらいと》……」
女房の名をつぶやいた。

その白糸は遠くにいるわけではなく、おなじ屋根の下の、「菊川《きくかわ》」では最上級の座敷にいるのだ。

それがもう、一刻（二時間）近くも帰って来なかった。

大座敷にいる客たちの、相手をさせられているからだ。

その客たちは日が沈みかけた頃、なんの前触れもなしにやって来て右女助《うめすけ》を驚かせた。それは一行が、あまりにかけ離れた身分だったからだ。現実離れのした感もあった。

「御勅使《ごちょくし》、徳大寺《とくだいじ》大納言実友《さねとも》様にあらせられる」

供の侍が玄関先でそう言った。

公家《くげ》の客など初めてだったから、右女助は畏怖《いふ》してひれ伏すばかりだった。

供の侍がさらに続け、徳大寺様は従一位権大納言《ごんだいなごん》である、などと言っていたが、動転した右女助の耳には入らなかった。

そして供の侍に、「菊川」が名高い料理茶屋なので、大納言様がこうしておしのびで参られ、是非とも江戸の味を賞味したいと申されておると言われ、右女助は一も二もなく受け入れた。

断る理由はなかったし、名誉なことでもあり、店の盛名《せいめい》もより高まると胸算用《むなざんよう》もした。

それで供の侍が迎えに出て、門内に止められた駕籠のなかから徳大寺大納言がおもむろに現れ出《い》でた。

貴族の乗る輿《こし》ではなく、紅網代《べにあじろ》の女駕籠だった。それはふつう、大奥の老女などが乗る華やかで高級な乗物だ。

江戸の町を輿で練り歩いたのでは目立つから、伝奏《でんそう》屋敷の女駕籠を借りたものと思われた。

伝奏屋敷というのは、江戸城の近くの竜《たつ》の口にある公家の専用宿舎のことだ。それは江戸の人間であれば、誰でもが知っていた。

徳大寺大納言は極端に背が低く、中年なのに顔も子供じみていた。さらに言うなら、のっぺりした丸顔に小さな目鼻がついて、滑稽でさえもあった。お世辞にも貴族的な顔立ちとは言い難いのだ。

しかも大納言はお歯黒にして、薄化粧を施し、引き眉にしているから余計におかしな印象だった。引き眉とは眉毛を根こそぎ抜き、つるんとしたそこへ眉墨で眉を描くことだ。

供の侍は三人いたが、駕籠を担いで来た陸尺の四人は、伝奏屋敷抱えの者たちのようだった。京の都の匂いがせず、そこいらの旗本屋敷の陸尺のような感じだったので、右女助にもそれはわかった。

大納言と三人の公家侍は、いずれも直垂《ひたたれ》に折れ烏帽子《えぼし》を被った装束《しょうぞく》である。

大納言は無腰《むごし》で夏扇《なつおうぎ》だけを持ち、侍たちはきらびやかな飾り太刀を腰に吊るしている。

四人とも風雅で軟弱な感じだったから、いわゆる厳めしい武士の雰囲気はなかった。物腰もやわらかで、柔和であった。

その当たりのよさを、さすがに公家社会の人たちは違うと、右女助はその時は内心で感心もした。

四人が座敷へ上がった後、女中たちが玄関に群れ騒いで、履いていた半靴《ほうか》にもの珍しそうに見入っていた。

陸尺の四人は、別室で待たされることになった。

急拵《きゅうごしら》えではあったが、右女助が板場で陣頭指揮に立ち、心尽くしの料理を並べた。

稚鮎《ちあゆ》の南蛮漬け、鰯焼き味噌あえ、鮎飯、小茄子《こなす》蓼《たで》漬《づ》け、玉子蓮《はす》、それに豪華な御殿鮨《ごてんずし》でもてなした。酒は薩州《さつしゅう》の秘蔵品で、明乃亀《あけのかめ》というのを出した。少し甘口だったが、彼らの口に合ったようだ。

幕府の饗応《きょうおう》とはまた違う趣きで、大納言はことのほか満足したらしく、右女助は何度も宴席に呼ばれて盃《さかずき》を受けた。

そして大納言は料理の内容によく質問をして、右女助がそれに丁寧に答えると、熱心に耳を傾けた。

江戸では魚はどこで獲れるのかとか、また料理の味つけにも言及し、大納言は「美味である」と褒めそやした。

喋るのは大納言ばかりで、公家侍たちは押し黙って酒料理を口に運んでいる。

そのうち女房はいるのかと大納言が聞くので、女将をやらせておりますと右女助が答えると、一献どうかと言い出した。

右女助にとっても自慢の女房だったので、それで白糸を呼んだ。

三十二の右女助に対して、白糸は二十八である。

清楚な顔立ちにしなやかな肢体を持ち、子を生《な》してないから、白糸は娘のようにも見えた。界隈では評判の美人女将なのだ。

それが伺候《しこう》し、酌をして廻ったので大納言はさらに喜んだ。

やがて何を思ったのか、大納言が右女助に席を外せと命じたから、不承ながら言われる通りにして引き下がった。その時、呼ぶまで来るなとも言われた。それが幕臣であれば否やも言えようが、勝手の違う相手に抗する術を持たなかったのだ。

しかしそれが一刻にも及ぶと、さすがに右女助は不安になってきた。莨の灰を灰吹きに落とし、肚を決めて帳場を出た。

すると廊下を前から番頭がやって来て、大納言様のご一行がお帰りですと告げた。座敷へ行こうとすると、もう玄関へ向かったと番頭が言う。

右女助は泡を食い、座敷の方が気になったが、それで玄関へ急いだ。一行は主《あるじ》に挨拶もせずに帰るつもりだったのか。少し腹が立った。

四人の背中に追いついた。

一緒だと思っていた白糸はいなかった。

右女助の後ろには番頭もいて、頭を下げている。

「あのう、大納言様。お楽しみ頂けましたでしょうか」

右女助が声をかけると、四人が立ち止まって一斉にこっちを見た。彼らの衣服がどこか乱れているようにも見えた。

「江戸の味をすこぶる堪能《たんのう》致したぞ。もてなし、大儀であった」

大納言が言った。

「左様で、それはようございました。では早速でございますが……」

「なんじゃな」

「お代の方は、いかが致したら」

右女助が恐る恐る言った。

「それはじゃな、高家《こうけ》肝煎《きもいり》石橋《いしばし》右《う》京亮《きょうのすけ》殿の許へ取りに行くがよい。そのお方《かた》がわれらの面倒を見てくれている。遠慮はいらぬぞ」

「ははっ、ではそのように」

一行を送り出し、右女助は気が気でない様子で座敷へ急いだ。

取り散らかした酒席に、白糸の姿はなかった。

「おい、白糸、いるのか」

隣室を開け放ち、右女助が息を呑んだ。

やはり白糸はいなかったが、着物と帯が脱ぎ捨てられてあった。

「白糸……」

茫然とつぶやき、頭にかっと血が上った。

白糸を探し、名を呼び、途方にくれて家のなかを歩き廻った。

内湯のある方から、ひっそりと湯を使う音が聞こえた。

そこへ急いだ。

白糸が浴衣を躰に巻きつけ、湯殿から出て来た。

泣き腫らした目をしていた。いや、そればかりか片頬に殴られたような痕《あと》があった。

何があったのか、聞くまでもなかった。

「おまえ……」

白糸は何も言わず、その場に泣き崩れた。

そこで右女助はなんの迷いもなく、決断した。

帳場へ引き返し、奥の部屋へ入って押し入れから鳶口《とびぐち》を取り出した。それも煙草盆同様に埃を被っていた。

それを腰の後ろに差し込み、店の表から飛び出した。

「公家どもはどこへ行った」

のれんをしまいかけていた女中に問うた。

女中は主の只ならぬ様子におののきながらも、一方を指した。

一気に走った。

両国橋の上で追いついた。

「待ちやがれ」
右女助が呼びとめ、鳶口を抜いた。
一行は止まったが、駕籠の戸は開かない。
そこへ向かって突進した。
だが右女助が駕籠に辿《たど》り着く前に、白刃の嵐が襲った。
顎を下から斬り裂かれ、顔面を割られ、横胴を斬られた。
三人の公家侍が、抜く手も見せずに飾り太刀を鞘走《さやばし》らせたのだ。

二

「小次郎様、ちょいとよろしいですか」
外から小夏の声がした。
ごろりと横になっていた牙小次郎が、それでむっくり半身を起こした。
そして離れ座敷へ入って来た小夏を見て、目を瞠った。
初めて見る小夏の喪服姿だった。
痩身《そうしん》で背丈があり、鼻筋の通った瓜実顔に富士額も美しく、また凜々しく秀でた男眉が黒の衣装に艶冶《えんや》として映えている。

若年増という言葉はないが、あえて言うなら小夏がまさにそうだった。

「あたし、今日は一日おりませんのでよろしくお願いします。お世話の方は女中たちに言ってありますんで」

「とむらいか」

「そうなんです。昔、うちで面倒を見た人が亡くなりましてね」

「そうか」

「あのう、小次郎様……」

小夏が言い淀む。

「どうした」

「それがそのう……その人、斬り殺されたんですよ」

「………」

「斬った奴らはわかってるんですけど、手出しができないんです」

小夏が悔しそうに唇を噛む。

「侍か」

「ええ」

「どんな身分だ」

「公家侍だって話です」

「……………」

公家侍と一般に言われているが、公家を護衛する随身番《ずいじんばん》というのが正式名だ。

幕臣ではなく、あくまで宮中を護るために存在する京都の人間で、その多くは遥か昔の検非違使《けびいし》の流れを汲む一族で占められているという。

検非違使というのは、京に都があった平安の初期に設けられた役職のことで、京中の非法、非違《ひい》を検察し、糺弾《きゆうだん》、追捕《ついぶ》、断罪、聴訟《ちようしよう》などを掌《つかさど》った。

その権力は絶大で、検非違使庁という役所が置かれ、それは江戸の町奉行所に匹敵するものであった。江戸の今から、千年近くも昔のことだ。

小夏にはわからなかったが、小次郎の形相《ぎようそう》が一変していた。

「公家が江戸に来ているのか」

口調を変えて、小次郎が言った。

「なんでも前《さき》の将軍様の法要で、ご勅使様が今月からこの江戸にお見えんなってるようなんです」

前の将軍というのは十代家治《いえはる》のことで、その二十七回忌に帝《みかど》からの勅旨《ちよくし》を持った使者が江戸へ下ったのだ。

「おまえの知り合いは、何ゆえ公家侍に斬られたのだ」

「それは……お知りになりたいですか」

「うむ」

「でもねえ……」

小夏がもじもじとして逡巡《しゅんじゅん》した。

「なんだ、じらすな」

「小次郎様に告げ口すると、物事が決まっておかしな方向に行くような気がして……」

小次郎がふんと笑って、

「水戸の姫君のことを言っているのか」

「そうですよ。姫君がどうして急にご出家なされたのか、それに側近が料理茶屋で斬られたのだって、よく考えると解せませんよね。あれも下手人が挙がってないし……でもねえ、とはいってもそのお蔭で町の衆の災いがなくなったんですから、文句を言うつもりはないんです。ただ、なんとなくそこに小次郎様がいたような気がして」

「何もかもおれの仕業だというのか」

「いいえ、そうは……」

と言った後、がらっと一変して、

「実はそう思ってるんです。こら、本当のことを言いなさい」

小夏が悪戯っぽく小次郎を睨んだ。それは明らかに確信犯の目だ。

小次郎ははぐらかすようなうす笑いを浮かべ、

「過ぎたことをむし返すな。それより公家侍のことだ」

「へえ」

小夏がふうっと溜息を吐いて、語り出した話はこういうことだ。

小夏が面倒を見たのは右女助という男で、町火消し北組十一組の小頭で纏持ちだったが、七年前にそれをやめて、東両国尾上町《おのえちよう》に「菊川」という料理茶屋を開いた。

小夏が五年前に石田の家に嫁いだ時、亭主の三代目治郎右衛門と右女助はすでに親交があり、よく出入りして小夏ともすぐに馴染んだ。

右女助が火消しをやめた理由《わけ》は、ある火事場で九死に一生を得る思いをし、そのことが後遺症として彼を悩ませ、火消し人足の仕事に自信が持てなくなったからだ。

その辺の悩み相談に、小夏夫婦は乗ってやり、やがて「菊川」を出すにあたって資金援助もしてやった。

腕のいい板前を置いたので、幸いにも「菊川」は大当たりし、わずか一年で商いが軌道に乗り、夫婦への借金も返せた。

右女助には白糸という娘義太夫《むすめぎだゆう》上がりの恋女房がいて、これが美人だったから女将として店に出て、商いはさらに隆盛した。

それが昨日、徳大寺実友を名乗る大納言の一行が「菊川」に上がり、どうやら狼藉《ろうぜき》を働いたらしい。

どんな悶着《もんちゃく》があったのかは不明だが、ともかく怒った右女助が帰って行く一行を追いかけ、両国橋の上で罵口で襲ったのだという。

だがたちまち三人の公家侍たちに斬り立てられ、右女助はあえなく討ち死にしたのだ。

小夏がまた溜息を吐いて、

「相手が大納言様じゃ、どうにもなりませんよね。右女助さんの亡骸《なきがら》は店に引き取られましたけど、町方もどこも動いてないようなんです。そんなことって、あっていいいんでしょうか」

北組十一組の福包かの纏は、むろん石田の家で作っているし、これからとむらいの席では組の組頭に会うのがつらいと言い残し、小夏は出かけて行った。

小次郎は身じろぎもせずに座ったまま、考えに耽っていた。

公家侍が江戸町民を斬り殺すなど、あってはならないことだ。幕府も表立って朝廷《ちようてい》との争いは避けたいから、そういう事件には頬被《ほおかぶ》りをするつもりであろう。だから目付筋も町方も、暗黙の許に動かないのだ。

（そうはさせん）

小次郎が決意を胸に秘め、刀を取って立ち上がった。

三

竪大工町の自身番では、岡っ引きの三郎三が、定廻り同心の田ノ内伊織に詰め寄っていた。

「旦那、公家侍といったって、狂犬みてえな奴らなんですぜ。どうしてこのまま放っとくんですか」

目を剝く三郎三に、田ノ内はのらりくらりとして、番屋の団扇《うちわ》を使いながら、

「まあまあ、少しは頭を冷やせ、三郎三。たとえ狂犬であろうがなんであろうが、われらはお支配違いのことに首を突っ込んではならんのだ。ましてやだ、京の都のお偉い方々になど、どうしてお縄をかけられよう」

「それじゃあ、菊川の右女助さんが死んだ件は泣き寝入りですかい」

「三郎三、あのなあ、おまえはまだ若い、青いんじゃよ。時には長いものに巻かれねばならん時もある。よく聞きなさい、世の中というものは――」

「御託は聞きたくありませんね」

「お、おまえ、誰にものを言っているのだ」

田ノ内が目を三角にしたので、三郎三はさすがにわれに返って、

「……へい、言い過ぎました。あっしが悪うござんしたよ。仰せにしたがって、この件は忘れることに致しやす」

「それでよいのじゃ。ああ、やれやれ、これですべて丸く収まる」

安堵する田ノ内に、三郎三がすかさず切り込んで、

「つまりこいつぁ、上からのお達しなんですね」

「左様、与力殿に言われて……い、いや、違う、その、なんだ、これはあくまでわしの判断なのじゃよ」

田ノ内の目が泳いでいるのを、三郎三は確《しか》と捉えておき、

「ついさっき、木場《きば》で人足が争ってるって耳に致しやした。今日はあっしはそっちへ廻りやすんで」

「うむ、そうしてくれ」

三郎三は自身番を出ると、憤懣《ふんまん》やるかたない様子で歩き出し、深川方面へ向けた足を途中でひたっと止めた。

右女助の非業の死が、どうしても頭から離れなかった。役人の誰もが臆病な亀のように首を引っ込めているこの状況が、どうにも我慢がならないのだ。支配違いは承知の上で、どんな手段でもいいから公家侍どもに一矢報《いっしむく》いたくなった。

そうして三郎三は火の玉のような正義感を燃やし、深川とは逆の両国へ向かった。

今頃、「菊川」ではとむらいをやっているはずだ。

足早に歩き出したその前に、懐《ふところ》手《で》の小次郎が立っていた。

「あっ」

なぜかとっさに、悪いことでも見つかった子供のような気持ちになった。

どうしてそう思ったのか、自分でも不思議な気がしながら、とりあえず三郎三は愛想笑いをして、

「こりゃどうも、確か牙の旦那でござんしたね」

小次郎のことがよくわからず、苦手な相手だと思っているから、腰を低くして揉み手をした。

「蕎麦は好きか」

小次郎が思ってもいないことを聞く。

「へっ？」

「昼時だ、一緒に食わんか」

「あ、いや、そいつぁ……」

小次郎から飯を誘われ、三郎三は大いに戸惑った。

（こんな人と食ったってうまくねえだろう）

そう思った。

「折角ですが、ちょっと先を急ぎますんで今日のところは……」

「この界隈では藪竹《やぶたけ》が一番うまい。ついて参れ」

「いえ、ですから、あのう……またの機会ってえことにして……」

三郎三の返事を待たず、小次郎がさっさと歩き出した。

否やを言わせぬその様子にむかりときて、

（よし、つき合ってやろうじゃねえか。このおれ様にどんな話があるってんだ）

腕まくりをし、小次郎の後を追った。

四

蕎麦屋の二階で向き合うなり、小次郎が三郎三にぽんと一両を放った。

それを見て三郎三は面食らい、

「いってえこりゃ、なんのおつもりで」

「おれの手足になってくれんか」

「手足に？」

「調べたいことがあるのだが、おれはまだ江戸に暗い。不都合でならんのだ」

「何をお調べなんで」

「やってくれるのなら、まず金を受け取れ」

三郎三が少し目を尖《とが》らせて、

「金であっしがどうにでもなるとお考えなんですかい」

「江戸の岡っ引きはそういうものだと聞いたぞ」

「冗談じゃねえ、あっしをそこいらの岡っ引きと一緒にしねえで貰いてえですね」

「そこいらの岡っ引きと、どう違うのだ」

「けっ、これだよ。なんにもわかっちゃねえんだから」

三郎三が腐った。

「金には不自由してないのか」

「不自由してますよ。ほかの親分は袖の下貰って懐があったけえが、こちとらそうはいかねえんです。金のために岡っ引きをやってるのとはわけが違うんだ。ですから、自慢じゃねえがいつだって素寒貧《すかんぴん》なんです。本音を言やぁ、目の前のこの金は喉から手が出るほど欲しいや」

「痩せ我慢は躰によくないぞ」

「へん、どうあろうが、筋の通らねえ金はびた一文貰わねえ主義なんですよ」

「筋が通ればよいのか」

「そ、そりゃあ……畜生、理責めできやがったな」

「料理茶屋の主が、理不尽にも公家侍に斬られた」

「ううっ……」

おのれがこれからやろうとしていることとぴたり符号したので、三郎三が思わずうなった。

「どうした、おまえが扱っているのか」

「い、いえ、扱いてえんですが、待ったをかけられちまって……けど公家侍のやり方がどうしても許せねえから、これからなんとかしてやろうかと」

「おまえを抱えているあの年寄同心はどうした」

「田ノ内の旦那を悪く言うつもりはねえんですが、からっきし駄目なんです。旦那だけじゃなくて、役人と名のつく人たちはみんな右女助さんの一件から手を引いておりやすよ」

「では、おれたちだけで内緒でやろう」

「うえっ」

「なんだ」

「いえ、のけ反《ぞ》ろうとしたら、衝立《ついたて》があったんで」

「おれと組むからには、たがいのことを知らねばならんな」

「まだやるとは言ってませんよ」

「二人で別々にやっても仕方あるまい」

「へえ、そりゃ確かに」

「やるんだな」

「……」

「まごついているのか」

「いえ、その……わかりました、肚を決めましたよ。お手伝いさせて下せえ」

三郎三が覚悟をつけた。

「では金を受け取れ。正当な報酬だ。おまえが受け取ってくれねば、おれも使いづらい」

「それじゃ遠慮なく」

三郎三が一両を取り、袂《たもと》に落とした。

それで小次郎もほっとして、

「これで主従関係が成立した」

「あっしは三郎三です。親分はつけなくて結構ですから」

「わかっている」

「旦那のことは、牙の旦那でよろしいんで」

「どう呼んでも構わん」

「あのう、ちょっとお尋ねしてもい？」

「言ってみろ」

「牙様ってお名前は、本当なんですかい」

「この浮世を生きていく上でつけた、仮の名だ。気に食わんか」

「とんでもねえ、結構なお名前で。てえことは、しかるべきお名は別にちゃんとあるんですね」

「そうだ」

まだ小次郎のことがわからないらしく、三郎三は斜《はす》から見ている。

「おまえがこの一件に首を突っ込んでいるのなら話は早い。これまでにわかったこ

とを聞かせてくれ」

三郎三がうなずき、仕事をする男の顔になって、

「右女助さんが斬られるのを、見てた奴がおりやす」

「うむ」

「それは両国橋の袂で燗酒の屋台を出してる親父なんですが、右女助さんが駕口を

持って公家の駕籠に近づいたら、三人の公家侍があっという間に斬り伏せたと、そ

う言っておりやす」

「………」

小次郎が沈黙した。

随身番のなかには、軟弱な公家侍とはとても思えないような剣の遣い手がいると、その昔に聞いたことがあった。

「そもそも菊川で何があったのかと、今朝のうちに女将を始め、店の者たちに聞いて廻りやした」

「そうしたら？」

「それがさっぱりなんで。みんな口を閉ざして、喋ろうとしねえんですよ」

「よほどのことがあったのだな」

「へえ、そうとしか」

「今日は菊川はとむらいであろう」

「へえ」

「おれを連れてってくれんか」

「そりゃ構いやせんが……」

そこで三郎三は探るような目になって、

「けど旦那、どうしてこの一件にそんなに熱心なんですか」

「うむ……それは言えんな」

「そうですかい。さっきおたげえのことを知らなくちゃいけねえって言ったのは、旦那の方なんですぜ」

小次郎が窮した。

「しかしまだそれは……勘弁しろ」

珍しく頭を下げた。

三郎三は得心がいかなかったが、小次郎のその姿を見て、もうそのことには拘泥《こうでい》すまいと決めて、

「おい、何やってるんでえ、この蕎麦屋は。いつまで待たせるんだよ」

大声で怒鳴った。

五

小夏は白糸を別室へ誘い、悔やみを述べていた。

「菊川」の大座敷の方では弔問客《ちようもん》が引きも切らず、店の者たちがおおわらわでそれを迎え、その混雑の様子がここへも伝わってきている。

「白糸さん、本当にこのたびはなんと言ったらいいのか……お力落としのことでし

ょう。あたしでできることなら、なんでも言って下さいましな」

「有難う、小夏さん。おまえさんには店開けの時から面倒見て貰って、今でも感謝してますよ」

日頃美人女将で鳴らしている白糸も、この日ばかりは悄然《しょうぜん》として生彩を失っていた。

「白糸さん、二人とも後家になってしまいましたねえ」

「ええ」

女二人は手を取り合わんばかりにして、ひとしきり悲嘆にくれていたが、そうするうちに小夏は白糸の片頬に赤い痣《あざ》があり、それを化粧で隠しているのに気づいて、

「その疵《きず》、どうしたんですか」

怪訝に問うた。

白糸は狼狽し、それを隠すようにして、

「いえ、なんでもありません」

「白糸さん、何があったのか、あたしにだけ教えてくれませんか。本当のところを知らないことには、正直言って気持ちが治まらないんです。このままじゃ右女助さんだって浮かばれませんよ」

「小夏さん、どうかこのことだけは……今それを話したって、亭主はもう還《かえ》っちゃ来ないんですから」

「白糸さん、水臭いこと言わないで下さいましよ」

小夏が尚も聞こうとするところへ、三郎三が廊下の方から顔を出し、

「あ、いたいた」

「なんだい、親分。あっち行っとくれよ」

気が立ったようにして小夏が言うと、三郎三の後ろから小次郎が姿を現した。

「まあ、小次郎様がどうしてここへ……」

小夏の驚きの声だ。

小次郎は勝手に入って来ると、白糸の前へ座り、

「おれは小夏の家に間借りしている牙という者だ」

「は、はい……」

白糸がおずおずと小次郎を見て、また伏し目になった。

「亭主はなぜ鳶口を持って公家の駕籠を襲ったのか、その経緯を聞かせてくれんか」

白糸は身を硬くし、何も言わない。

「見ず知らずのおれなどにうち明ける気にはなれんかも知れんが、どうしても真相を知りたい。公家どもの理非《りひ》を糾《ただ》したいと思っているのだ」

それには小夏と三郎三が驚きで見交わし、

「牙の旦那、そんなおつもりだったんですかい」

三郎三が言えば、小夏も呆れたように、

「ご浪人の小次郎様にどうしてそんなことができるんですか。相手はお公家さんなんですよ」

「公家といえども人に変わりはない。奴らが聖人君子ではないことはよくわかっている」

小夏と三郎三がまた見交わして、

「小次郎様は京の都にいらしたんですか。お公家さんと何か関わりがあるんですか」

小夏が鵜《う》の目鷹《たか》の目になって聞いた。

「おれの詮索は無用だ」

小次郎が言って、白糸を見据え、

「力になると言っているのだ、女将」

「……」

依然として、白糸は沈黙だ。

そこへ番頭が呼びに来た。

「女将さん、頭がお見えに」

白糸は番頭にうなずいておき、三人の誰にともなく頭を下げて出て行った。

「小次郎様、この一件をお調べんなるおつもりですか」

小夏が聞いた。

「そうだ。今、女将に言った通りだ」

「どうして、また……」

「女将さん、いいじゃねえか、あんまり深く考えるなよ。折角牙の旦那がその気になってるんだからよ」

「三郎三の親分、おまえさんはどうしてくっついて来たのさ。この件はお役人はみんな手を引いてるんですよ」

「おれぁな、今日から牙の旦那の手先んなったんだ」

「田ノ内様はどうするんですか」

「だから二つ掛け持ち」

「ふん」

そこで小夏は北組十一組の頭にご挨拶をと言って席を立ち、戸口で見返って声を落とすと、

「あ、そうそう、小次郎様、気がつきましたか。白糸さんの顔に殴られた痕が」

「うむ、すぐにわかった」

「そうですか。これはきっと、女将さんが絡んでのことなんですよ。そうに違いありません」

そう言い残し、小夏は出て行った。

「三郎三、初仕事だ」

「へえ」

「雇い人のなかで、口の軽そうな奴を探してこい」

「へいへい、あっしもそれを考えてたとこなんですよ」

三郎三が拳を叩いて請負った。

六

しかし口の軽い雇い人はなかなか見つからず、三郎三は四苦八苦した。

そうしている間にもとむらいは粛々と進行し、出棺の時がきて、野辺《のべ》送りとなった。

僧侶、白糸、北組十一組の連中を始め、縁者や主立った雇い人らがそれにしたがい、「菊川」を出た。

下谷《したや》にある右女助の家の菩提寺《ぼだいじ》まで、これから市中を葬列をなして行くのだ。

それにはむろん、小夏も同行して行った。

江戸の町中で野辺送りとは、何やらそぐわない感じだが、それはあくまで葬儀における慣用語である。

沿道には近所の人々が立ち並び、頭を垂れている。

三郎三は一行を見送り、初仕事だから多少の張り切る気持ちもあって、手薄になった店へ取って返した。

小次郎の姿は見かけないが、この家のどこかにいるはずである。

裏庭へ来ると、残った若い四、五人の女中が井戸端で洗い物をしていた。とむらいに饗した料理の後始末に、皿や徳利を洗っているのだ。井戸は掘抜きである。

三郎三は女中たちを見て、内心でしめたと思った。

今までは店の主立った連中の壁に阻まれ、何も聞き出せなかったが、若い女中たちなら口を割りそうな気がした。

「よっ、ご苦労さん。とむらいが無事に済んでよかったな」

つとめて明るい声をかけてみた。

女中たちは三郎三の稼業がわかっているから、一様によそよそしい態度になった。

「こいつぁ少ねえが、おいらからの心づけだ。みんなで分けて甘いもんでも食ってくんな」

女中たちの前にしゃがみ、薄い紙入れから有りったけの銭を出して小皿の上に並べた。それが有金だったが、小次郎から貰った一両のお蔭で大きい気持ちになれた。

女中たちは困惑を浮かべている。

「ざっくばらんに聞くがよ、ゆんべお公家たちの座敷にお運びをしたのは、このなかにいるかい」

三郎三が問うた。

女中たちは無言で見交わし合っていたが、そのうちの一人が、

「それなら女中頭のお末《すえ》さんと、もう一人はお元《もと》さんです。でもお末さんは野辺送りについて行きました」

硬い口調で言った。

「で、お元ってのは？」

三郎三が聞くと、小柄で大福餅のような顔をした女中が、「あたしです」とおっかなびっくりの顔で名乗りでた。

三郎三がきらっと目を光らせ、「すまねえがちょいと来てくれ」と言ってお元をうながし、家の方へ戻った。

座敷へ上がって「牙の旦那」と呼びかけると、離れた一室からそれに応ずる声がした。

三郎三がお元を伴ってそこへ行くと、小次郎がひっそりと麦湯を飲んでいた。

お元を引き合わせ、この娘が昨夜の公家たちに会っているのだと言った。

こういう下婢《かひ》などに対しては、小次郎はやさしげな態度になり、

「公家たちはどんな様子であった」

お元に尋ねた。

お元は丸顔に烈しく迷いを浮かべて、

「お上の人には何も言うなと、女将さんに言われてますから」

と言った。

そこを三郎三が脇から説得し、右女助の無念を晴らしてやりたいのだと言うと、お元も思いはおなじらしく、ようやくぽつぽつと語り出した。

「今までにない大変なお客様なんで、初めのうちは旦那様がつきっきりでお相手をしていました。旦那様がちょっとでも席を外すと、すぐに大納言様に呼び戻されるんです。お話しになるのはほとんど大納言様で、後の三人のお供衆は口数は少なかったです。別の部屋で待たされていた陸尺さんたちも、静かでした」

小次郎と三郎三は、口を挟まずに聞いている。

お元が続ける。

「それからどうしてそういうことになったのかは知りませんけど、あたしが次にお酒を持って行くと、大納言様の前に女将さんが呼ばれていて、お酌をしてました」

そこで言葉を切って、お元がつらそうな顔になった。

「それで、どうしたい」

三郎三が話の先をうながす。

「へえ……あたしがお座敷の外へ出ると、大納言様のお声がしたんです」

「なんて言ったんだ」

これも三郎三だ。

「女将さんにずっと相手をして貰うから、旦那様は席を外すように言われてました。それから呼ぶまで来なくてもいいと」

「右女助さんはそれにしたがったんだな」

さらに三郎三が聞く。

「そうです。でも旦那様はとても嫌な顔をしてました。それが一刻も続いて、その間女将さんはお座敷から一歩も出て来なくなって、お運びの用事も途絶えたんです。ですから後のことは……」

そこから先は、お元の口が重くなった。

女将さんが公家たちにどうにかされた。それで逆上した旦那様が、鳶口をつかんで飛び出して行った――誰もが想像することを、お元も考えているのに違いない。

「念のために、最後にひとつだけ聞く」

小次郎が言った。

「大納言殿はどんな顔立ちであった」

「色白でのっぺりしていて、子供みたいな顔つきの人でした。背丈も子供並に小さかったです」

「……………」

小次郎の目が一瞬、鋭くなった。

徳大寺実友は、そんな面相ではないし、小次郎に匹敵するほどの背丈の持ち主だったのだ。

「三郎三」

「へい」

「奉行所筋で、似顔絵のうまい絵師は知っているか」

「よく知っておりやすとも。桂川英泉《かつらがわえいせん》先生といって、この人の手にかかると本人と生き写しです」

「その絵師に至急顔絵を頼みたい」

七

その夜遅く、小次郎は大胆にも伝奏屋敷に忍び込んだ。

公家の専用宿舎だけに、伝奏屋敷は雅な寝殿造りである。

二千五百三十坪の敷地のなかに、寝殿、東の対《たい》、西の対、北の対、東北の対、西北の対、さらには釣殿《つりどの》、泉殿、侍殿と呼ばれる殿舎がそれぞれ独立してあり、それらのすべてが廻廊や橋で結ばれている。

門は桜門と呼ばれるもので、形が優美だから、これも江戸では珍しいものだ。武家屋敷、寺社、商家、町家の多い江戸にあって、それゆえに伝奏屋敷は一風変わった趣きである。

そのなかだけは江戸ではなく、京の都がそっくり復元されているのだ。

また伝奏屋敷に隣接して評定所《ひょうじょうしょ》があり、その周りも老中、若年寄、譜代《ふだい》大名らの大屋敷がひしめいている。

勅使が江戸に滞在中はとりわけ警護が厳しく、表門、裏門ともに篝火《かがりび》が焚《た》かれ、先手組《さきてぐみ》、徒目付《かちめつけ》、小人目付《こびとめつけ》など、混成された衛士《えじ》らの手によって護られている。

勅使一行の内訳は、勅使筆頭をつとめる大納言を始め、本院使、新院使、仙洞《せんとう》使、それに随身番、小者ら、総勢百人近い大所帯である。

表も裏も難攻不落ならと、巡廻の警護の目を盗み、小次郎は築地塀《ついじべい》を軽々と越えた。

伝奏屋敷に入るのは初めてだが、寝殿造りそのものに勘を持っているので、おおよその勝手はわかった。

警護の厳しいのは表と裏ばかりで、邸内は決してものものしいことはなく、ひっそりとしていた。

樹木を分け入って進むと、大きな池があった。御所でいうところの、御池庭だ。その向こうに、幾つもの殿舎が黒い影となって建ち並んでいる。

池に架けられた欅《けやき》橋を幾つか渡り、迷わず正面にある一番大きな建物、すなわち寝殿へ向かった。勅使の最高位である大納言が起居するのは、寝殿と決まっているからだ。

透渡殿《すきわたどの》の辺りに、数人の警護侍の姿が見えた。寝殿を護っているのだ。

植込みに身を屈めてその様子を窺うが、そこから動きそうもない。

小次郎がじりついた。その目が辺りに走って大きめの石を捉えた。それを抱え持ち、池へめがけて投げた。大きな水音に侍たちが驚き、慌てたように一斉にそっちへ向かった。

その隙に小次郎はすばやく殿舎へ上がり、廻廊を巡って姿を消した。

寺の本堂のような大きな部屋の前に立ち、耳を欹《そばだ》てた。人の気配はない。そろりと障子を開け、三十畳ほどの室内へ侵入する。衝立を立てた奥の方に仄明《ほのあか》りが見えた。網行燈《あみあんどん》の灯が、厳《おごそ》かな銀泥《ぎんでい》の襖を浮かび上がらせている。

足音を忍ばせてそっと近づいた。

果たしてそこに、大納言徳大寺実友が寝ていた。

実友は三十前後で、貴族らしくない偉丈夫だ。

枕頭《ちんとう》にすり寄って声をかけた。

「これ、実友」

相手は寝息を立てている。

揺り起こした。

「な、なんじゃ」

びっくりしてはね起きた実友が、小次郎を見て幽霊と思ったらしく、「ひっ」と小さく叫んだ。

「まさか……」

そしてまじまじと小次郎を見て、
信じられないような声を出した。

「亡霊ではないぞ、実友。正真正銘の高熙《たかひろ》である」

「うわっ」

実友がおののき、慌てて夜具から滑り出て畳に額をすりつけた。

「こ、これは高熙様にはお変わりもなく、恐悦至極《きょうえつしごく》に存じ奉《たてまつ》りまする」

しゃっちょこばって、杓子定規《しゃくしじょうぎ》の挨拶をした。

小次郎が苦笑で、

「よせ。余《よ》はすでに皇胤《こういん》にあらず、野《や》に下りて衆生《しゅじょう》と交わり暮らす身であるぞ。崇《あが》め奉ること、無用に致せ」

「はっ、さりとて麿《まろ》様は麿様でおじゃりますれば……しかして、何ゆえこのような所へお越しなされましたか」

「詮索も無用じゃ。問いかけも　切罷《まか》りならぬ」

「ははっ」

「これを見てくれ、実友」

小次郎が懐から折り畳んだ紙を取り出し、それを実友の前に広げて、

「この者、こたびの随行のなかにおるか」

それは奉行所抱えの絵師、桂川英泉に描かせた偽の徳大寺実友の顔絵である。三郎三とともに女中のお元を伴い、家まで行って描かせたものだ。

顔絵を見た実友が色を変え、

「こ、この者が何か……」

「その方の名を騙《かた》り、町中にて非道を働いたのじゃ。さらに供にしたがいし三人の随身番が、罪もない町人を斬り殺した」

「ううっ」

実友がうめき声を上げ、青くなった。

「心当たりがあるのだな」

「はっ」

「申せ」

「………」

「これ、実友。すみやかに申さずば捨ておかぬぞ」

「………」

実友はがくっと畳に両手を突くと、観念した面持ちで、

「高熙様、有体《ありてい》に言上《ごんじよう》仕《つかまつ》りまする。その者、わが従者にて、鷲尾《わしお》秀明《しゆうめい》なる陰《おん》陽《みよう》師《じ》におじゃりまする」

「陰陽師とな?」

「はっ」

「その方、陰陽師などを側近にしていると申すか」

「いかにも。鷲尾には不思議な神通力がござり、妻の病いを治癒させ、またわれの宮中での悩み事などの相談にも乗ってくれ、そのつど的を射た答えをしてくれまする。それゆえに、われにとってはなくてはならぬ存在なのでおじゃりまする」

「ふん、その方はたばかられているのだ。相変わらず人が好いのう」

「しかし、鷲尾は……」

「黙れ。鷲尾がしかるべき人物であらば、何ゆえその方の名を騙って悪事を働く」

「はっ……た、確かに」

滞在はあとどれほどかと小次郎が聞くと、実友は残すは十日ばかりだと答えた。

勅使を直接介添えする高家衆とは別に、ご馳走人と称せられる接待役の大名が選ばれ、これが紅葉山御参宮《もみじやまごさんぐう》や東叡山御参詣《とうえいざんごさんけい》にしたがい、また隅田川の船遊びなどにも巡行する。

それやこれや、もてなしずくめで勅使たちはひと月ほど江戸に滞在するのだ。

「鷲尾と親しい随身番の名はわかるか」

小次郎が問うと、それは弓削田村麿《ゆげたむらまろ》、播磨秋丸《はりまあきまる》、占部宗海《うらべそうかい》であると、実友が即答した。

「その三人と、鷲尾は都でもよく行動をともにしておりました。こたびも行列に加わっておりまする」

「相わかった。そ奴らはいずこの御殿じゃ」

「鷲尾は北の対に、三人は侍殿でおじゃりまする」

「実友」

「はっ」

「こたびの勅使、大儀であった」

そう言い置き、小次郎がさっと行きかかると、実友が追い縋《すが》るようにして、

「お待ち下さりませ。鷲尾の悪行が露見したる上は、われにも累《るい》が及ぶは必定《ひつじょう》でおじゃりまするな」

悲壮な面持ちで言った。

「そんなことはさせぬゆえ、安心致せ」

「と、仰せられまするとか?」

「四人は陰にてひっそりと処断致す。表立っての騒動は好まぬ」

「は、それは……」

ひとまず実友は安堵したが、身をひるがえす小次郎をさらに追って、

「高熙様、今ひとつ」

そう言って、ひれ伏した。

「なんじゃ」

「都に戻られるお気はござりませぬのか」

「……」

「もし少しでもお迷いがおじゃるのなら、われがいかようにもお力添えを。御帝《おんみかど》にお取りなしを致してもよろしいのですぞ」

「実友、その方の気持ちは嬉しいが、もはや都へ戻る気は失せた」

「何ゆえでおじゃりまする」

「それはな、その方に申してもわかるまい」

そこで小次郎はふっと溜息を吐き、

「余は江戸というこの新天地で、新たに生きる道を見出した。時が止まったようなあの都より、めまぐるしく時の過ぎるこの地の方が性《しよう》に合うのだ」

実友が困惑顔で、

「それはにわかには……われにはとても理解が叶いませぬ」

「その方は殿上人として生きれば、それでよい。この先も禁裏《きんり》、主上《しゅじょう》を護るのだぞ」

「ははっ」

小次郎は風のように寝殿を出ると、廻廊を巡って北の対へ向かった。落とし差しにした刀の鯉口《こいぐち》を切る。

その時、内裏橋《だいりばし》の向こうから数人の警護侍の姿が見えた。

とっさに夜陰に身をひそめ、それらが行き過ぎるのを息を詰めてやりすごしたが、ここで騒ぎを起こすのは得策ではないと悟った。また直情に任せて行動を起こすのも、戒めるつもりになった。

鷲尾秀明を問答無用にぶった斬ってやりたかったが、今宵は身を引くことにした。

そうして小次郎の姿は、伝奏屋敷から忽然《こつぜん》と消えた。

八

次の日は、小次郎は悶々として過ごした。

鷲尾秀明と三人の随身番をどのようにして処断してくれようかと、そのことばかりを考え、何も手につかなかった。

陰陽師などにたばかられ、実父の愚か者めと、小次郎の内心で忸怩たるものがあった。

陰陽師を語るには、まず陰陽道というものを解き明かさねばなるまい。

陰陽道は古代中国で成立したもので、それは科学であり、哲学であり、また信仰でもあり、未来を予測する技術であった。

今の目から見れば、きわめて不可思議な複合的体系で、一般的な理解をこえるものだから、おのずと神秘化された。

それが平安の中期に貴族社会に取り入れられ、朝廷に陰陽《おんよう》寮が設けられ、「大宝《たいほう》律令《りつりょう》」において、太政官《だいじょうかん》の下の八省の一つ、中務省《なかつかさしょう》のなかに置かれるようになった。

そしてそこに仕える官吏が、陰陽道を修得した陰陽師なのである。

陰陽師といえば妖しげな呪術師のような感がつきまとうが、何よりもまず、れっきとした官職として存在したのだ。

その職務は、天災、兵乱、政変など、国家的な災異についての卜占《ぼくせん》であり、また国家が大きな土木工事などを始めるに際し、土地に関する卜占をも行った。

それゆえ天文、暦学を能《よ》くし、風雲気色に異変あらば奏聞《そうもん》する。すなわち天体の運行を観察し、暦を定め、天空に異兆あらば帝にひそかに知らせる役目を担った。それは天下の異変たるもの、まずは気象に兆として現れる、とその頃は考えられていたためである。

また兆をずばり言い当てた陰陽師は神格化され、より神秘の衣を身にまとうこととなった。だから単なる占い師ではなく、陰陽博士とも称せられた。

陰陽師が権勢を誇ったのは、摂関政治の絶頂期で、それがやがて律令《りつりよう》体制が軋《きし》み始め、崩壊へと向かって行くなかで、陰陽師もしだいに力を失っていった。

天の変動への予測が、根拠のない個人の運命の予測へ流れ、国事に関わる呪術が、大義を失った個人的で卑近な事柄へと適用されるようになり、その職務がいちじるしく矮小化《わいしようか》の一途を辿った。

そうして陰陽師は、遂《つい》には卜占と暦の販売などで生計を立てるほどに零落《れいらく》してしまったのだ。

さらに室町から江戸時代になると、陰陽師は虐げられた扱いを受けるまでになり果てた。

そんな卑しい卜占師に過ぎぬ陰陽師を、取り立てる貴族がまだこの世にいたのかと思うと、まさに噴飯ものなのである。

「旦那、おられやすかい」

声をかけ、三郎三が離れへ入って来た。

小次郎がそれを無言で見迎える。

三郎三は小次郎が、伝奏屋敷へ忍び込んだことなどつゆ知らずだから、

「どうでござんしたか、大納言の顔絵は」

顔絵を持って、小次郎がどこを探索したのか、三郎三は知りたがっている。

「いや、まだ何も」

小次郎は曖昧《あいまい》に答えた。

「そうですかい」

三郎三は膝を進めると、

「旦那、ゆんべまた大納言の一行が町に現れましたぜ」

「なに」

小次郎がきっとした目で三郎三を見た。

「ゆんべは深川の海辺大工町《うみべだいくちょう》にある花車《はなぐるま》ってえ料亭に上がりやして、さんざっぱら飲み食いをした上に、芸者を十人ほど呼んで派手に騒いでったそうです。それで

一文も払わねえで、金は高家肝煎石橋右京亮様の所へ取りに行けと。菊川の時とおんなじで、徳大寺大納言と三人の公家ざむれえ、それに四人の陸尺たちです」

「……」

小次郎は切歯扼腕《せつしやくわん》の思いだった。

昨夜、小次郎が伝奏屋敷にいた刻限には、彼らは不在で、深川にいたのだ。

「菊川の時と違うのは、奴らは女に手を出してねえってことだけです。けどまあ、飲み逃げ食い逃げをくり返してることに、変わりはありやせんがね」

「……」

昨夜が最後の饗宴《きようえん》なのか。それとも一行は味をしめているから、江戸に滞在する残りの日数のうちに、もう一度ぐらい遊興に繰り出すのだろうか。仕留めるのなら、町なかの方がいい。

小次郎は賭けをするつもりで、

「三郎三、おまえは下っ引きを何人抱えている」

「へえ、狩り集めりゃ十人ぐれえにゃなりやすが、捕物によって人数はばらつきやす。それにみんな正業を持っておりやすんで、勢揃いとなるとなかなか……」

「今宵から伝奏屋敷を交替で見張ってくれ。奴らが出て来たら、おれに知らせるのだ」

「わかりやした」

それで三郎三は帰って行ったが、小次郎もなんとなく落ち着かない気分になり、刀を取って外出することにした。

「菊川」の女将白糸のその後が、気になっていたのだ。

そこへ小夏が、寝不足のようなぼうっとした顔で姿を現した。

「おや、お出かけですか、小次郎様」

「どうした、具合でも悪いのか」

小夏の顔色を見て言った。

「いいえ、そうじゃないんです」

ふわっとあくびをしかかり、それを嚙み殺してすみませんと言い、

「ゆんべ遅くまで白糸さんにつき合って、少しばかり飲み過ぎちまったんです」

「白糸の嘆きを聞いてやったのか」

「そうなんです。あの人、毎晩飲みに出てるみたいで。右女助さんてえ心棒をなくしちまったから、きっと寂しいんですよ。あたしもおなじ思いをしてますから、白糸さんの気持ちはよくわかるんです」

小夏は思い出し笑いをして、

「後家が二人でおだを上げてると恐ろしいらしくって、男衆は誰も寄りつきませんでしたよ」

そう言って、ころころと笑った。

小次郎はにこりともせず、何も言わずに出て行った。

九

月涼し、の宵の口であった。

本所尾上町を背にして、御用屋敷と石置場の間に数軒の縄のれんが並んでいた。大川に面しているので、滔々《とうとう》としたその川音と、両国橋を往来する下駄の音がすぐ近くに聞こえる。

縄のれんの一軒に「いろは」という居酒屋があり、白糸はその夜も家を抜け出して酒を飲んでいた。そこは「菊川」から歩いてすぐの場所である。

七、八人も入ればいっぱいになるような小さな店で、その夜の客は白糸ひとりである。店をやっているのは老夫婦で、暇だから白糸を放って、奥で二人で将棋を指している。

そこへふらりと小次郎が入って来た。

小次郎と目が合うと、白糸はちょっと視線を慌てさせ、少しばかり緊張もして、飯台から離れると、床几から立って小腰を屈めて頭を下げた。

「こりゃあの時の旦那、その節はどうも」

口籠《くちごも》りながら、とむらいの時の礼を言う。

「石田の女将からおまえのことを聞いてな、それでやって来た」

白糸の行く先は、番頭に教えられたと小次郎が言う。

「そうですか」

白糸は戸惑いを浮かべている。

小次郎はその前の床几に座ると、店の爺さんに冷や酒を頼んでおき、

「店はどうする。続けていくのか」

「ええ、今まで通りのつもりでいますよ。頭だって、菊川は絶対潰さないって言ってくれてますし……うちの人だって店がどうにかなったら、あの世できっと嘆くでしょうから」

「気丈だな、おまえは。それを聞いて安心したぞ」

「あたしの身を心配してくれてたんですか」

「そうだ」

「それは、有難う存じます」

爺さんが冷や酒を運んで来て、小次郎はそれに口をつけると、

「実はな、おれはおまえの怨《うら》みが晴れるように祈っている」

白糸は目を見開いて、

「どうして、旦那がそんなことを……」

「どうもこうもあるまい。奴らは罰せられねばならんのだ」

「……」

「それに大納言の名誉もある」

「名誉ってなんですか。あの大納言様は本物じゃないとでも？」

小次郎がうなずき、

「本物は寝耳に水だ。おまえたち夫婦を不幸にしたのは、大納言の従者たちだ」

「そ、それって、本当のことなんですか」

「ああ」

「そんなこと、いったい誰から聞いたんですか」

「おれにはわかるのだ」

「まあ……」

白糸はうなだれ、悪夢のようなできごとを思い出したのか、おぞましくも悲痛な表情になり、そしてみるみる目に怒りをみなぎらせて、

「あいつら、けだものですよ。あたしにどんなことをしたと思いますか。ただ汚されただけじゃないんですよ」

「もういい、その先は言うな」

小次郎が陰惨な声で言った。

「あ、あたしの身に起こったことは仕方ないとしても、何もうちの人を手にかけることはないじゃありませんか」

「うむ」

「あたし……あたし、悔しくって……」

白糸は思わず悔し泪に咽び、

「うちの人の後を追って、何度も死のうとしました。今の今まで、その気持ちは消えませんでしたよ」

「けだもののために死を選ぶな」

白糸は手拭いで泪を拭い、

「はい、はい、そうします。旦那にお会いできて、本当にようございました」

そう言った後、たて続けに酒を呷り、つくづくと溜息を吐いて、

「あたしって、いつもこうなんですよ」

「……………」

「幸せをつかんだと思ったら、どうしてかこの手からするりと抜けてっちまうんです」

盃を弄《もてあそ》ぶようにしながら、

「子供のうちから義太夫語りになるように仕込まれて、それこそ血を吐くような稽《けい》古《こ》をさせられて、ようやく一人前になったと思ったら、相次いでふた親に死なれましてね。でもあたしにゃそれっきゃなかったから、石にかじりつくようなつもりで娘義太夫を続けてたんです」

「……………」

「それでやっとこさ人気が出始めたら、ほかの人に蹴落とされちまって。その人の方があたしなんかより、器量も腕前も数段上だったんですよ。仕方ありませんよねえ」

白糸がさらに酒に手を伸ばすと、小次郎がやんわりとそれを押し止《とど》めた。

白糸はふっと笑って飲むのをやめ、

「それから仕方なく両国の三流の小屋で、細々と義太夫語りをやってましたよ。そこへ当時火消し人足だったうちの人が来て、ひょんなことから知り合ったんです。どうしたわけか、うちの人はすぐにあたしのことがわかったらしくて、片意地張るのはよせって。言われたように、あたしは歯ぎしりするような思いで生きてましたんで、この人はあたしを助けに来てくれた人だって思いました」

「……」

「それで惚れ合ってすぐに一緒になりましたが、そのうちうちの人が火消しをやめたいと言い出しましてね、すったもんだいろいろあった末に、菊川を出すことになったんです。幸い店はうまくいったんで、ああ、やっとこれで何も心配することはないと思っていた矢先に、今度はうちの人が呆気なくあの世へ旅立っちまったんです」

「……」

「いつだって幸せが続かないんです。あたしって、きっとそういう巡り合わせの女なんですよ」

「そうとは限らん、自分で決めつけるな」

「えっ」

小次郎が改めて白糸に酌をしてやる。

「旦那、どうしてそんなことが言えるんですか」

「人の一生は長い。生きてさえいれば、かならずまた日の差すことがある。この世は照る日、曇る日なのだ。悲しいことは忘れてしまえ」

「………」

「おれが言えるのはそこまでだ。偉そうなことを言うつもりはさらさらないが、長い目を持つことだ。目先のことにくよくよしていたらきりがあるまい」

「………」

「今宵はこれまでだ。もうつまらぬ考えは起こすなよ」

二人分の酒代を置き、来た時とおなじように小次郎はふらりと出て行った。

白糸はじっとものの思いで、凝固したかのように動かない。だがその表情は暗いものではなく、目をきらきらさせ、明日からのことをあれこれ考えているかのようだ。

婆さんが気を利かせて酒の代りを持って来ると、白糸はそれを押し返すようにして、

「今日はもう飲まない……ううん、明日からお酒はやめる」

婆さんが「そうかえ」と言って戻って行こうとすると、また白糸の気が変わって、

「あ、待って、それは置いてって。最後のお酒にする」

婆さんが爺さんと苦笑で見交わし、白糸の前に酒を置いた。

白糸はそれを押しいただくようにして、

「明日からやるわ、身を粉《こ》にして働くわ。しっかりしなくちゃ駄目よ」

自分に言い聞かせ、何やら胸躍らせるようにして、ひと息に飲み干した。

「照る日、曇る日か……」

そうつぶやき、小次郎の去った表の闇に目をやった。

その表情には、美人女将の輝きが戻っていた。

十

青時雨《あおしぐれ》が降っていた。

小次郎は離れの縁に出て、ずっとその風情を眺めていた。もうとうに昼を過ぎたのに、朝から降り出した雨脚は一向に衰えない。

青、紫、うす紅のあじさいの花が、こんもりとした山になり、雨を吸って不思議な生気を湛えている。

それは母の好きな花だった。

小次郎の生まれ育った御殿に、梅雨になるとあじさいが繚乱《りょうらん》として咲き誇った。

だが父はその花が嫌いだった。

母が好きなものはことごとく父が嫌いで、二人は何事にも相まみえることなく、相剋した。

小次郎も幼い頃は決して好きな花ではなかったが、今では違う思いで見ることができた。

あじさいを見ていると、心が落ち着くようになったのだ。

(父……母……)

久しぶりに思い出したような名だった。

小次郎の父は今上《きんじょう》天皇の外祖父で、母は藤原《ふじわら》家出身の女御《にょうご》であった。

牙小次郎はあくまで世を忍ぶ仮の名で、正式には正親町《おおぎまち》高熙《たかひろ》という。さらにいうなら、秀宮親王《ひでのみやしんのう》だ。

小次郎の御家紋は十六弁八重菊、すなわち菊の御紋章である。桐や葵が権力の代名詞とするなら、菊は権力の象徴なのだ。

その頃の宮家の常で、少年時代は和歌を詠み、蹴鞠《けまり》に興じ、乗馬、弓道に励む日々だった。

また学問所にて、四書五経、老子、荘子、孝経、さらに史記、漢書、後漢書、文選などを学んだ。

女官たちに囲まれ、雅な王朝教育を受けて育った小次郎も、元服《げんぷく》を迎える頃には世事に目覚めた。

御殿を一歩出れば都大路は自由で放埒《ほうらつ》な世界だったから、年間三百項目にも及ぶ宮廷の年中行事や、小次郎の目からは無意味としか思えぬ通過儀礼の数々など、まさに跼天蹐地《きょくてんせきち》の思いで、虚妄《きょもう》としか映らないのだ。

そうしていつか宮廷を飛び出し、野に下りたいという野心を胸に秘め、鬱勃《うつぼつ》たる思いで青年期を過ごした。

そのはけ口に、小次郎は剣術を習った。

果たして貴族には珍しく天賦の才があり、馬庭念流《まにわねんりゅう》の師はその腕を認め、小次郎に免許を与えた。

馬庭念流は、相手の頭を真っ二つに砕き割る大技が主体だが、それ以外はひたすら敵の攻撃を外す護身が基本である。しかし小次郎はそれにさらなる創意を加え、他の流派の攻撃法をも取り入れ、独自の剣法を編み出していった。

やがて小次郎に、またとない機会がめぐってきた。

父と母が長年の不仲により、離別することになったのだ。離別といっても下々のようなわけにはいかないから、公にはできず、そのことを知らない人も多かった。宮廷行事の時はやむを得ないとしても、ふだんはまったく顔を合わさないよう、距離を取って殿舎を移したのだ。

そこで小次郎は父にこれまでの思いをぶつけ、御殿から出たいと願い出た。自由闊達《かったつ》に生きたいと、素直な気持ちを述べた。

反対されると思いきや、父は世間に出て行くことを認めてくれた。自分も若い時期にそう思ったことがあったと、父も正直におのれを吐露《とろ》した。

そうしてこれを持って行けと、餞別《せんべつ》に千両をくれたのだ。

御殿を出る前の日に今度は母の許へ行き、父との一部始終を語った。

母は女だからすぐに泪を見せたが、気丈なところもある人だったので、否やは唱えなかった。

その父も母も、都で健在である。

大粒の雨が傘に当たる音がした。

想念を破られた小次郎が顔を上げると、番傘を差した三郎三が庭先に姿を現した。

傘をすぼめて縁に腰かけ、三郎三が囁くように言った。

「遂にその時がきましたぜ、旦那。奴ら、今宵出かけるみてえです」

小次郎の表情が動いた。

「お駕籠を担いでる陸尺たちに聞いたんですから、間違いありやせん。大納言から
そういうお達しがあって、支度しておけと言われたそうです」

「行く先はどこだ」

「浅草です。奥山《おくやま》にある喜仙《きせん》ってえ名代《なだい》の料理屋でさ」

「………」

小次郎が無言で立って隣室へ行き、着替えを始めた。

三郎三は縁にかけて待っている。

すると小次郎が唐紙から顔を半分覗かせ、

「何をしている」

「へっ？　何をって……あっしもお供をさせて頂こうかと」

「おれひとりでいい」

「そんなあ。たまにはお供させて下さいよ。旦那だって土地不案内じゃねえですか。ご案内しますよ。こちとら、江戸の町なら隅々まで知ってるんですから」

「それには及ばん」

無下に断られ、三郎三ががっくりして口を尖らせ、

「これだよ……人をこき使っといて、いってえ何様だと思ってやがるんでえ……」

ぶちぶちと愚痴ると、小次郎がまた顔を出し、

「何か申したか」

「い、いえ、こっちの話で……」

首をすっこめた。

どうして自分はこの男に弱いのかと、三郎三は不思議でならなかった。

十一

浅草奥山の「喜仙」は、名にしおう料理屋で、黒板塀を張りめぐらせ、門前には大きな松が鎮座し、建物も辺りに威風を払っている。

そこは特に夏の膳が評判で、春先に稚魚だった鮎が成長し、その塩焼きは極上と

もいえるものだ。

ほかに鯒《こち》、鱸《すずき》、虎魚《おこぜ》なども食膳に並び、鮒鮨《ふなずし》で留めかと思っていたら白瓜冷汁《しろうりひやじる》が出て、大納言と三人の公家侍を喜ばせた。

白瓜冷汁は鰹の出し汁に味噌を溶き、やや濃いめの味つけにして、白瓜、茗荷《みょうが》、針生姜《はりしょうが》を入れ、汁を張って冷水で冷やすものだ。

江戸ならではのこの涼味の工夫に、大納言は大いに感心し、女将を呼んで作り方を熱心に聞いていた。

しかし幸いにも、女将は愛想はいいが猪《いのしし》のような顔つきだったので、関心を呼ばなかったようだ。

そして帰る段になって、女将が青い顔で飛んで来た。

「あのう、お駕籠の人たちは帰ってしまったようなんですけど」

女将が気づかぬ間に、陸尺たちが駕籠を担いでいなくなったのだという。

「な、なんと……」

大納言はきょとんとした顔になり、公家侍たちと見交わして、

「帰るわけがあるまい。主を乗せずしてどうして帰れるのじゃ」

「へえ、でも影も形もありません」

「うつけたことを申すな」

大納言が狼狽し、公家侍たちはさすがに険しい面持ちになって、座敷を飛び出して行った。

この時、鷲尾秀明はおたつくばかりだったが、弓削田村麿、播磨秋丸、占部宗海は、すでにざわざわとした胸騒ぎを感じていた。

三人とも三十前後で、揃って骨格の逞《たくま》しい体軀をしていた。


公家の装束で町駕籠に乗るわけにもいかないから、結句、四人は徒歩で伝奏屋敷へ帰る羽目となった。

浅草から江戸城の近くまでなので、道のりは遠い。

鷲尾は足腰が弱いらしく、下谷車坂《くるまざか》でもうへたばってしまった。

「もう、もうわれは歩けぬぞ。なんとかならぬか」

酒の酔いも廻り、だらしなく道端にしゃがみ込んだ。

弓削がそれへ冷たい視線を投げて、

「おい、鷲尾、這ってでも帰らねばならんのだぞ。陸尺どもがなぜ帰ったか、これにはなんぞわけがあるはずだ」

播磨もうなずいて、

「これはどうやら、奴らの判断ではないような気がする。それゆえ伝奏屋敷が気になるのだ」

占部が鷲尾を睨み、腹の底から唾棄《だき》せんばかりにして、

「酒好き女好きのその方につき合うて、もういい加減うんざりだ。何が食通だ。その方のお蔭で確かにうまいものは食えたが、ただそれだけのことではないか。江戸は飽きあきなのだ。この上は一日も早く京の都へ戻りたいわ」

鷲尾がむっとして、

「お主《ぬし》はそのような身勝手をよくも言えるものじゃな。あの女将の躰を欲しいままにしてしゃぶり尽くしたのは、その方ではないか」

「ふん、それは目くそ鼻くそと申すものよ。その方があの女将にどんなことをしたか、わしは隣りから見ていたのだぞ」

「ははは、わしの技があまりにうまいので舌を巻いたであろう。女にかけては、このなかではわれが一番なのじゃぞ」

「女将が気絶するほど殴って、何が技じゃ。笑わせるな」

「何を申す、それも技のひとつではないか。女によっては喜ぶ者もおる」

いた。

「ほざいていろ」

占部が二人をうながし、ずんずんと歩き出した。

「待て、待ってくれ、わしを置いて行くな。もう歩けぬと申しておろうが」

鷲尾が慌てて追いかかり、ふっと背後に気配を感じ、歩を止めて恐る恐るふり向いた。

小次郎の黒い影が、鬱蒼《うっそう》とした樹木のように立っていたのだ。

「な、何者であるか……」

鷲尾が怯《おび》えて問うた。その声がかすれている。

「鬼は夜来るもの、気づいた時すでに遅し」

「………」

小次郎から殺気を感じ、鷲尾がじりっと後ずさった。

先に行った三人が異変に気づき、油断のない表情になって戻って来た。

「その方、何者だ。われらは朝廷の使者であるぞ」

弓削が虚勢を張って言った。

「ふふふ……」

小次郎が低い含み笑いを漏らした。

弓削たちが殺気立ち、身構えて飾り太刀に手をかける。

「朝廷の使いが聞いて呆れるわ。それが乗物にも乗らず、夜道をとぼとぼと歩いていずこへ参る。すでに伝奏屋敷では手勢が待ち構えているのだぞ」

小次郎が言い放った。

鷲尾がそれを聞いて、泣きそうな声を上げた。

三人が一斉に抜刀する。

鷲尾は色を失い、一方へ避難しながら、

「わかったぞ、陸尺どもを帰したのはその方じゃな。何を企《たくら》みおるか」

「いかにも。けだものどもに駕籠はいらぬでな」

小次郎がすらりと刀を抜いて、

「名乗っておこう」

沈着な声で言った。

「余の名は、正親町高煕じゃ」

四人の表情に、驚きと緊張が走った。

正親町高煕の名を知っているのだ。

鷲尾が「げえっ」とうめき、烈しく狼狽して、

「そ、それは真《まこと》であるか。いや、そんなはずはない。親王様がこの江戸にあらせられてたまるものか。このうつけめ、われらをたばかるとは慮外千万《りょがいせんばん》。この者は真っ赤な偽者であるぞ」

鷲尾ひとりが喚《わめ》くだけで、息詰まるような静寂が支配していた。

一対三の睨み合いが火花を散らせ、双方とも一歩も引かぬ気構えで対峙しているのだ。

小次郎は体中剣の構えを取り、不動心の心を持って三人の動きを見守っていた。

三人とも使い手だ。決してあなどれないと思った。

そこで左足を一歩踏み出し、その躰を真ん中の占部に対して斜めに向け、左拳を右胸の前にして剣を立て、剣先をやや後ろ向きにして右八双の形に持ってきた。

そしてその目は、まっすぐに占部を見据えている。

占部は小次郎に射竦《いすく》められ、胸に嵐の起こるのを感じた。

「うぬっ……」

思わず唸《うな》った。

焦るなと思いつつ、正眼から右足を一歩後ろに引き、躰をやはり斜めにして剣を右脇へ移して構えた。

「とおっ」

裂帛《れっぱく》の気合だ。

剣先を右後方斜め、白刃を外側にして小次郎の右脇下からはね上げんとした。

だが電光石火、小次郎の動きの方が速かった。

すばやく刀を頭上に構え、一気に占部の脳天を斬り下げたのだ。

馬庭念流の大技である。

占部の頭皮が破れ、頭骨が粉砕され、小次郎の剣は確かな手応えでやわらかな脳髄にめり込んだ。

「ううっ」

うめき声を上げ、占部の躰がゆっくりと横倒しになり、無惨に砕かれた頭部が地に着いた。堰《せき》を切ったように大量の血が流れ出て、黒い地面を濡らしていく。

小次郎がきっと刺すような目を向けた。

それは破邪顕正《はじゃけんしょう》の目の光だった。

弓削と播磨は正眼に構えたまま、ともにその表情を凍りつかせていた。

鷲尾は木の陰に隠れ、指を噛んで見守っている。その両膝ががくがくと震えているようだ。

次に小次郎は弓削と播磨を交互に見て、つかのま足許に目を落とし、ざざっと間合いを取った。

その上で剣先を播磨の膝より下に向け、下段の構えに入った。

そうなると小次郎の上体に隙が生じ、播磨は誘い込まれたようになり、

「ええいっ」

ここを先途《せんど》と斬りつけた。

その白刃を弾き返し、小次郎の剣が縦横に飛翔《ひしょう》した。

間髪を容れず、播磨がそれに反撃する。

白刃と白刃がぶつかり、紫電が走った。

やがて――。

「ぎゃっ」

絶叫を上げたのは播磨の方だ。

小次郎の剣が一颯《いっさつ》して、播磨の横胴を斬り裂いたのだ。

地響きを立てて播磨が倒れ、絶命した。

小次郎は刀の血ぶるいをし、残った弓削を睨んで再び中段に構えた。

弓削は刀を正眼からゆっくりと上段に持ってゆき、小次郎を圧倒せんと火のよう

な目で睨み据えた。

小次郎は沈着した目で、弓削の様子を見ていた。

弓削の吐く息が荒い。怒張し、昂《たかぶ》り過ぎては冷静な判断ができなくなる。そのことを忘れ、弓削は視野を狭くしている。

「くわっ、おのれい」

牙を剝くようにして剣をうならせ、弓削が烈しく斬り込んだ。

右に左に剣先を躱《かわ》しながら、小次郎が押しまくられる。

「でいっ」

勝利を夢想し、弓削が突進した。

ごっ。

聞き馴れない音がした。

次の瞬間、弓削の首が胴体から断ち割られ、闇の彼方へ飛んで行った。草むらにどさっと首の落ちる音がした。

小次郎はもう弓削など顧みず、さっと辺りを見廻した。

いつしか鷲尾秀明の姿が消えていた。

小次郎が耳を澄ますと、あたふたと遠ざかって行く足音が聞こえた。

走った。

抜き身のまま追跡するその姿は、まさに夜の鬼だった。

直垂の裾をからげ、もたもたと逃げる鷲尾にすぐに追いついた。

その前に廻り込み、かちゃっと剣先を突きつける。

「ひえっ」

鷲尾は大仰に怯えてみせ、その場に土下座して命乞いをした。

「た、助けてくりゃれ、助けてくりゃれ、われは親王様が思うておられるほど悪い男ではおじゃりませぬ。まっこと悪いのは今の三人でおじゃる。ほんによう、成敗して下されましたなあ」

小次郎の顔色を窺いながら、そろそろと身を起こし、老獪《ろうかい》な猿のような顔にひきつった笑みを浮かべて、

「どうか、どうかその刀を下ろして下さりませ」

「………」

小次郎が無表情のまま、刀を下ろした。

鷲尾が安堵して、

「やれ、よかった。さすが親王様、われの話を聞く耳持たれて、幸いでおじゃりま

した」

　そして小次郎を見上げ、妖しく光らせた目をすうっと細くして、

「これより親王様は、遠い昔の和子《わこ》のお気持ちに戻られる。戻られる。戻られる
……」

「………」

「お悩みのことあらば、なんなりと打ち明けて下されよ。陰陽師のこの鷲尾秀明が確と聞き届けましょうほどに。父君のこと、母君のこと、胸を痛めておることはおじゃりませぬかな」

「………」

「ご自身のことでも構いませぬぞ。何ゆえに江戸へ参られたか、そのわけをお聞かせ下さりませ」

「………」

「さあさあ、幼い和子様ゆえ恥ずかしがられるのは無理もありませぬが、この鷲尾にだけ胸の内をお聞かせ下さりませ。そうしているうちに、しだいにこの鷲尾が好きになって参りまするぞ。さあ、どうなされました」

　手をやさしく使い、小次郎の頬に触れてその心をほぐすようにし、だが貪婪《どんらん》な目

は彼を貪り見て、

「和子様は鷲尾が好きになられましたな。そうら、そらそら、その目がそう仰せになっている。われも和子様が好きでおじゃりまするよ、もはや片時もおそばを離れとうない気持ちで……」

不意に鷲尾がぎょっとなり、小次郎を見入った。

その冷酷な目に、催眠の術はかからなかったようだ。

「徳大寺実友も、そのようにして取り込んだのだな」

「……」

「妃の病を治したのは、恐らくまぐれであろう。その時はおまえにまだツキがあったのだ」

「……」

「しかし今は、何もかもすべてがおまえを見放している。悪行の報いだ。悪運は尽きたと思え」

「……」

「江戸のこの世に陰陽師など、まるで平家の亡霊じゃな」

「ぐわっ」

鷲尾が鴉《からす》のような鳴き声を上げた。

小次郎の剣が深く、静かに、その胸に刺し込まれたのだ。

鷲尾が充血した悲壮な目で、かっと小次郎を睨んだ。だがそれはつかのまで、刀が引き抜かれると同時にずるずると崩れ落ち、呆気なく落命した。

血刀を懐紙で拭い、小次郎の黒い影がひらりと立ち去った。

削ぎ立てたような片鎌月が遥か東の空にかかっていたが、やがてそれもしだいに細り、無月の宵となった。

夏の大地は、どんよりと湿っていた。

第三話　泣きべそ橋

一

七月は秋初月《あきはじめづき》ともいい、江戸は暦の上では秋に入る。

といっても、連日の猛暑にそんな実感は湧かず、町の人々はうだっている。

六月十五日に、江戸の二大祭礼のひとつである山王権現《さんのうごんげん》の大祭があり、これを無事に終えてからというもの、町の衆は気が抜けたようになってしまった。

ちなみにもうひとつの大祭は、九月の神田明神祭である。

そのほかにも、鳥越神社《とりごえじんじゃ》祭礼、深川《ふかがわ》富岡八幡宮《とみがおかはちまんぐう》祭礼、芝神明《しばしんめい》祭などもあり、夏から秋にかけてやたらと祭りが多い。そのたびに浮かれ出て、大騒ぎをする。

江戸っ子の、江戸っ子たるゆえんである。

空梅雨《からつゆ》の好天続きで、その日も朝からよく晴れて空は青一色だった。

小夏は番頭の松助をしたがえ、竪大工町の家を出ると、おなじ内神田の紺屋町へ向かった。

今日の小夏は丸髷《まるまげ》をきっちりと結い上げ、薄化粧を施し、絽《ろ》の小袖に羽織姿で、五つ紋の礼装に身を包んでいる。いかにも纏屋の女将らしい威風と身拵《みごしら》えである。これからお祝いの席に臨むから、表情もきりりとしている。

身を引き締めているせいか、日傘の下の顔は汗ひとつ掻《か》いていない。

松助の方はおなじく羽織、袴《はかま》を着て、一段重ねの大きな箱を、それに紫の大風呂敷をかけて抱え持っている。律儀者らしく、口をへの字に結んで大真面目だ。

町々では、慣例の井戸替えや虫干しが行われていて、どこの辻にも人が大勢出て賑やかだ。気の早い子供たちは、もう笹竹に七夕飾りをしている。

小夏主従が訪れた先は、紺屋町三丁目の大通りにある紺屋の嶋《しま》屋である。

ここと は旧《ふる》いつき合いで、石田の家は先代から贔屓《ひいき》にしている。抱えの職人たちの半纏《はんてん》や股引《ももひき》、それに纏屋の手拭いを作らせているのだ。

嶋屋の品物は良好ということで、先代が気に入り、いろは四十八組の火消し連中にも引き廻してやった。それで頭の何人かが、嶋屋に火消し半纏を作らせるようになった。ちなみに、火消し人足の数は一万二百人近くいるから、何組かとはいえ、それはもうべら棒な量である。

だから嶋屋にとって、石田の家は大恩人であり、それどころか足を向けて寝られないのである。先代の引きがなかったら、とても今のような大店にはなれなかったはずだ。

こたびそこのひとり娘が婚礼をすることになり、小夏はそのお祝いの品を届けに来たのである。

主の嶋屋幸右衛門《こうえもん》は四十も半ばになるが、痩身で顔には深い皺《しわ》が刻まれ、歳よりも老けて見える。遊ぶことを知らず、仕事ひと筋できただけに、老い込むのも早いのかも知れない。彼は女房を早くに亡くし、以来独り身を通し、娘のお七《しち》の成長を楽しみにしてきた。

お七が祝言《しゅうげん》する相手は幼馴染《おさななじ》みの新吉《しんきち》という若者で、三州《さんしゅう》屋という鼈甲櫛《べっこうくし》笄《こうがい》問屋の跡取りだ。歳もおなじ二十二である。

「嶋屋さん、このたびはお嬢さんの縁組、おめでとう存じます。心からお祝い申し上げます」

「これはご丁寧に、恐縮です。有難うございます」

型通りの挨拶を済ませ、小夏は幸右衛門の横に座ったお七に笑顔を向け、

「お七ちゃん、今はどんな気分？」

お七は恥じらいに頰染めて、

「いろんな人がお祝いをしてくれますが、正直言って、このあたしが人のかみさんになるなんて、なんだか他人ごとみたいでぴんとこないんです。新吉さんが幼馴染みのせいもあるんでしょうけど」

「あら、そう」

すると幸右衛門が横から、

「けど一緒になったら旦那様だからな、昔の呼び名の新ちゃんじゃ困るよ」

「わかってるわよ、お父っつぁん」

お七が屈託なく笑った。

大店の娘らしく天衣無縫なようで、器量もそこそこだから、これならつつがなく商家の内儀《ないぎ》に納まるであろうと、この時の小夏はそう思った。

小夏が石田の家に嫁入りした五年前から、お七のことは知っているが、そんなに悪い娘ではないと思っている。

それから茶菓子が出て、暫し談笑が続いていたが、そのうちお七が小夏に花嫁衣

装を見せたいと言い出した。

それで小夏は松助をそこへ残し、お七とともに彼女の居室へ向かった。

すると居室には小夏の知らない娘がいて、鏡台の前に立って白無垢の衣装を羽織り、おのれの姿を映してうっとりと眺めていた。

部屋には継箪笥《つぎたんす》や長持ち、挟み箱や蒔絵《まきえ》の描かれた小箱など、金に飽かした華やかな婚礼道具が所狭しと積まれてある。

「お鶴《つる》ちゃん、何してるの」

お七が言うと、お鶴と呼ばれた娘は狼狽して衣装を脱ぎながら、困った顔をうつむかせた。

お七とおなじような年頃だが、粗末な綿の着物を着て、明らかにどこかの裏長屋の娘と思えた。

「いつ来たの」

お七の問いに、お鶴は目を伏せて、

「ちょっと前よ。お客さんみたいだったから、それで勝手にここへ」

「花嫁衣装、早く脱いでよ。汚れたらどうするの」

遠慮会釈のない言い方だった。

お鶴は急いで衣装を衣紋掛けにかけて、

「ごめんね、お七ちゃん」

「いいわよ」

小夏は二人の様子を鼻白んだように見ていたが、

「お友達？　お七ちゃん」

「そうなんです。この人はお鶴ちゃんといって、新吉さんとあたしの三人は同《おな》い年の幼馴染みなんです」

「そう」

「お鶴ちゃん、この人は竪大工町の纏屋の女将さんで小夏さんよ。うちが今日あるのは、こちらの石田さんの家のお蔭なの」

「嫌だ、お七ちゃん、そんな言い方よしにして」

「鶴と申します」

お鶴は引っ込み思案らしい表情で、小夏にぺこりと頭を下げた。

小夏も返礼したが、それよりお七の傲慢《ごうまん》さに少なからず腹が立っていた。

二

お鶴が住んでいるのは、大伝馬塩町《おおでんましおちょう》の蓮華《れんげ》長屋で、紺屋町からの戻りにはいつも地蔵橋《じぞうばし》を渡ることになっている。

内神田と日本橋北をつなぐそこには竜閑川《りゅうかん》が流れていて、もの心つく頃から今日まで、何万遍地蔵橋を往来したか知れなかった。

人けのない橋の上に立ち、お鶴は少し恨めしいような目で川面を眺めた。

世間では地蔵橋だが、お鶴、お七、新吉の三人の幼馴染みの間では、泣きべそ橋と勝手に呼んでいた。

よその子にいじめられたお鶴が、決まってその橋の上へ来てめそめそ泣くから、それを見た新吉が泣きべそ橋だと命名したのだ。

そうしていじめられた後は、かならず新吉がお鶴の仇討《あだうち》をしてくれたものだった。

「泣きべそ橋……」

昔をなつかしんで、お鶴がつぶやいた。

お七も新吉も、もう昔の彼らではなく、会うことも滅多になくなっていた。

今日は久しぶりにお七に会いたくなって、用もないのに紺屋町へ行ったのだ。今では行かなければよかったと、後悔している。

家へ帰ると、ふた親の市助《いちすけ》とお茂《しげ》が背中を向けあって竹細工を編んでいた。竹細工作りが、お鶴の家の家業なのだ。

蓮華長屋は五坪長屋だから、家族の多い家がほとんどで、お鶴の家は少ない方だ。畳十枚分の広さのなかに、座敷が二間に、後は土間と台所である。

お鶴が只今《ただいま》と言っても、二人とも何も言わず、黙々と作業を続けている。

外では何匹もの蟬《せみ》が、夏を惜しむかのように鳴いていた。

お鶴は台所で麦湯を三つ淹《い》れ、盆に載せて座敷に置いた。

それを汐に二人は仕事の手を止め、茶を手に取った。

「行って来たのか、嶋屋さんに」

市助が聞いた。

色が真っ黒で、職人らしい頑丈な躰つきだが、市助は口べたで世渡りが下手だから、いつまで経っても零細な竹細工職人から抜け出せないでいた。

お鶴が「うん」とだけ返事をする。

「どうだった？　お七ちゃん。婚礼が近いから浮かれてたろう」

青くむくんだような顔のお茂が言った。

「そうね、楽しそうにしてたわ」

気のない声でお鶴が言う。

おっ母さん、昔はもっときれいだったのにと、お鶴はいつも思う。

お鶴が幼い頃は、お茂は界隈でも評判の美人だった。それがいつしか生活の労苦から、しだいになりふり構わなくなり、どこにでもいるそこいらのおばさんになってしまった。

でもおっ母さんはお父っつぁんと一緒になれたからまだいいが、自分は貰い手もなく、このまま年増になっていくのかと思うと気が滅入った。

貧乏人の子は、死ぬまで貧乏人なのだ。

「祝言は来月だったね。嶋屋さんと三州屋さんの婚礼なら、さぞ立派なお式になるんだろうよ」

そう言うと、ちらっとお鶴の表情を窺い、

「お七ちゃん、何か言ってたかい」

「ううん、何も……あの人、変わっちゃったわ」

「変わったって、どんなふうに？」

「昔のお七ちゃんじゃないみたい。なんだか少しよそよそしいのよ。あたし、久しぶりに会って面食らったわ」

「ふうん……それでおまえ、どうするのさ、式には出るのかい」

お茂の言葉に、お鶴は苦笑を浮かべて、

「あたしなんか出れるわけないじゃない。晴れ着のひとつもないのよ。生き恥を晒したくないわ」

お茂がすまなそうな顔になって、

「お鶴、おまえに肩身の狭い思いをさせてすまないと思ってるよ。この人にもう少し甲斐性があれば、たとえ裏通りでも小店のひとつも出せたんだけど。そうなってりゃ、おまえだってちゃんとした所へ嫁に行けたんだ」

市助が渋面《じゅうめん》を作って、

「そうあからさまに言われちゃ、身も蓋もねえじゃねえか。おれに甲斐性がねえのは今に始まったこっちゃねえ、若え時からなんだ。おめえだってそれを承知で一緒んなったはずだぞ」

「おや、開き直ってるよ、この人は。図々しいったらありゃしない」

「はん、おきやがれ」

「気にしなくていいのよ、お父っつぁん。あたしはお嫁になんか行かないから」

「そう言うな。そのうちおれが、気の利いた野郎を見つけてやるよ」

「あははは、いつのことかね。お鶴は年増んなっちまうよ」

「うるせえ、おめえは黙ってろ」

そうやり合い、二人はまた仕事に戻った。

お鶴は隣室へ行き、緩慢《かんまん》な動作で出支度を始めた。

日の暮れから町内の松屋《まつ》という一膳飯屋《いちぜんめしや》へ出て、お鶴はそこでお運びをして働いているのだ。

三

竪大工町の裏通りに長屋の一群があり、牙小次郎はそこの路地にしゃがみ、小刀で茄子《なす》や胡瓜《きゅうり》に切り込みを入れて、馬や牛を作っていた。

十五日にある盂蘭盆会《うらぼんえ》に先がけ、子供たちにお供え物の作り方を教えているのだ。

「七月の十五日には地獄の釜の蓋が開く。それで新仏《あらぼとけ》がこの世に戻ってくるのだ」

ふつうの大人が言うのと違い、小次郎が言うと陰々滅々《いんいんめつめつ》として聞こえ、子供たちは怖気《おぞけ》をふるって、

「死んだ人が戻ってきちまうのかい」

青洟《あおばな》を垂らした男の子が真剣な表情で言えば、顔が泥だらけの女の子も眉間《みけん》に皺を寄せて、

「嫌だわ。去年死んだお爺ちゃんが戻ってきたら、あたしまた叱られるわ」

「お供えを上手に作ればお爺ちゃんは褒《ほ》めてくれるぞ。盆入りをしたら、皆で死んだ人を慰めてやるのだ。よいな」

子供たちが素直にうなずく。

そこへ小走って来る足音が聞こえたので、小次郎がふっと顔を向けると、それは三郎三であった。

今日の三郎三は捕物支度で、着流しに襷《たすき》がけをして尻端折《しりはしよ》りをし、手甲《てっこう》、脚絆《きゃはん》をつけ、ものものしく勇ましい。さらに腰に十手を差し込み、捕物道具の寄棒《よりぼう》を握っている。

「旦那、これからいよいよ捕物に行ってめえりやすぜ」

小次郎は無言で立つと子供たちから離れ、三郎三を一方へ誘って、

「調べはついたのか」

「へえ。旦那のご不審の通りによくよく調べてみましたら、淀五郎《よどごろう》ってえ船頭が怪しいことがわかりやした。これから船を見張って、詮議にかけます」

「そうか」

数日前、小次郎が夕涼みがてらに神田川《かんだがわ》の河岸《かし》を散策していると、うろうろ船《ぶね》が流れて来て着岸し、不審な荷を下ろし始めた。

その荷を受け取っているのは頬被りをした若い商人風だったが、二人の様子がうろんだったから、小次郎は柳原土手《やなぎわらどて》に潜んで暫し見守った。

うろうろ船というのは、大川筋から神田川周辺、小名木川《おなぎがわ》から日本橋辺、中洲《なかず》から鉄砲洲《てっぽうず》などの川筋を、様々なものを行商して流す小伝馬船《こでんません》のことだ。

昼夜を分かたず行商するが、夜は船先に赤い提灯《ちょうちん》を灯《とも》し、西瓜や真桑瓜《まくわうり》、果ては米、味噌、醤油、酒、魚、青物など、ありとあらゆるものを市価よりも安値で売るから、長屋のかみさん連中の人気を得ていた。

（あれは抜け荷か……）

小次郎はそう睨み、次の日になって三郎三にその不審を伝えた。それで三郎三はすぐに田ノ内伊織を動かし、うろうろ船の内偵に入ったのだ。

手柄を立てて金一封が出たら、一杯奢《おご》りやすぜと言い残し、三郎三は勇んで去って行った。

小次郎が石田の家へ戻りかけると、裏手からひょいと小夏が現れた。

小夏は湯上がりらしく浴衣を着て、洗い髪にしている。清楚な色気が匂うようだ。

「ずっと見てましたよ、旦那」

「なんのことだ」

「旦那が子供にものを教えるなんて、なんか変です」

「そうかな」

「意外ですよねえ、子供が好きなんですか」

「嫌いではない」

「うむ、とても信じられない」

「あまり人を変人扱いするな」

「いえ、そういうわけじゃあ……でもやっぱりそうか、あたしは奇人変人だと思ってますよ、旦那のこと」

小次郎は「ふん」と鼻で嗤うが、小夏はからかいの目だ。

「三郎三の奴、近頃じゃすっかり旦那の手下ですね」

「そんなつもりはない」

「怪しいうろうろ船のこと、聞きましたよ。旦那が教えてくれて感謝してました」

「口の軽い男だな」

「あたしが苦労して口を割らせたんです」

「女将」

小次郎がやんわりと小夏を睨んだ。

それに対し、小夏は身をくねらせるようにして、

「嫌ですよ、女将って言うの。いつになったら小夏と呼んでくれるんですか」

「おれのやることに首を突っ込むな」

「あら、いけませんか」

「なぜだ」

「旦那のことが朝から晩まで気になるからです」

「放っといてくれ」

「あ、そう」

背を向ける小次郎に、小夏がぺろっと赤い舌を出した。

(まったく、可愛くないんだから)

そう言いたい顔である。

四

赤い提灯を灯し、うろうろ船が大川から神田川へ入った。

小伝馬船は荷を専用に運ぶ小舟で、無甲板木製の作りである。船の幅が広く、船首は尖り、船尾は偏平だ。

暮れなずむ浅草と両国の両岸には、早くも飲食の店の灯がちらつき、少なからぬ人影がうごめいている。そのなかには柳原土手名物の、夜鷹もいるはずだ。

船頭の淀五郎は船首から河岸の様子を眺めていて、今宵は早く上がって自分も愉しみたいと考えていた。

三十を過ぎた男盛りは、酒と女なくしては夜も明けず、遊び心が疼《うず》くのだ。

「おい、おめえは女遊びをしたことはあるのか」

櫓《ろ》を漕いでいる若者に問うた。

若者は菊次《きくじ》といい、わずか三日前に西両国の賭場で拾った男だ。

勝負に負けて腐っている菊次に声をかけ、事情を聞くうちに淀五郎が同情したのだ。

　菊次は十九になり、子供の頃から身寄りのない親なし子で、ねぐらも定まらず、日傭《ひよう》取りの仕事にありつけた時はいいが、食いっぱぐれると小泥棒まがいのことをして飢えを凌《しの》いでいるという。

　女形《おやま》役者のような端正な顔立ちで、前髪をはらりと垂らした独特の髷にしている。それが色白だから余計に女っぽく見えた。瘦せて手足が細く、使いものになるかと思ったが、重い木箱を難なく持ち上げた時は、淀五郎は目を剝いたものだ。

　菊次が気に入り、そこで秘密を打ち明けて抜け荷を手伝わせることにした。彼は寡黙でおとなしく、決して逆らわないから、淀五郎は恰好《かっこう》な手下を持ったと思った。こんな年若い男を悪の道へひっぱり込んで、よくないとは思わなかった。

　今日は菊次の初仕事になるが、取引きが無事に済んだら、二人で淀五郎の馴染みの東両国の岡場所へ行くつもりになっていた。

　淀五郎の問いに、菊次ははにかんだような笑みを浮かべ、

「女なんか知らねえです」

　と言った。

　それで淀五郎は満面の笑みになり、

「それなら今日はおめえの筆下ろしだ」

楽しそうに言った。

そうこうするうちに、浅草橋《あさくさばし》御門を過ぎ、新《あたら》シ橋《しばし》が見えてきたので、

「よし、あそこへ着けろ」

淀五郎が内神田寄りの河岸を指し示し、菊次が大きく櫓を漕いだ。

そうしながら菊次の目がずっと細くなり、不審を感じて四方の闇を見廻した。さらに目を凝らすと、土手のそこかしこに無数の人影が潜んでいるのがわかった。

(捕方だ)

菊次はすぐさま察しをつけたが、それを淀五郎には知らせず、懐に呑んだ匕首《あいくち》の柄《つか》に片手をかけた。

今日の積荷は麝香《じやこう》だから、犠牲にしてもままよと思った。

昨日になって、薬研堀《やげんぼり》にある淀五郎の隠れ家へ連れて行かれ、そこに隠匿された禁制の品々を見せられて菊次は目を見張った。

煎海鼠《いりこ》、干鮑《ほしあわび》、鱶《ふか》ひれ、さらには赤珊瑚《あかさんご》、桃色珊瑚、鯨の歯、鹿の角《つの》など、いずれも厳しく売買を禁止されているものばかりで、どれひとつ取っても高値のつく高級品だ。

それが五つの葛籠《つづら》に収められ、淀五郎の家の蔵に眠っているのだ。

それらの入手先を聞いても淀五郎は口を割らなかったが、取引き相手のことだけは詳しく明かした。

それは内神田豊島町《としまちよう》の唐物商《からものあきない》、鳴子屋竜蔵《なるこやりゆうぞう》だという。

唐物商は隠れ蓑で、鳴子屋はいわゆる陰物《かげもの》買いなのだ。

鯨の歯や鹿の角は、玉磨《たますり》職人や角細工師に加工させ、巾着《きんちやく》の飾り、緒締《おじ》め、かんざしなどにするという。また麝香は誰もが知る高級香料だし、珊瑚は帯留《おびどめ》や魔除《まよ》けになり、その粉末は目薬になるらしい。

（宝の山だ）

その時、菊次は胸の高鳴るのを感じた。

同時に淀五郎への殺意も覚えた。

この男に取って代り、自分が禁制の品々を売り捌《さば》くのだ。

これでこれまでのツキに見放されたような渡世から、いいことづくめの別世界へ行けるかも知れない。

彼が淀五郎に語った生い立ちや事情は、嘘ではなかったのだ。

そして機会は予想外に早く訪れ、今宵の取引きに同行をうながされた。

闇に潜む捕方の群れを目にするまでは、鳴子屋という男に早く会いたかったが、事態の急変で断念した。

ともかくこの場は逃げることが先決だ。

菊次が不意に櫓の動きを止めたので、淀五郎が怪訝にふり返った。

「どうした、何やってるんだ、早く河岸へ寄せねえか」

「そうはいきませんよ。目を凝らしてよっく見て下せえ。捕方どもがうじゃうじゃいますぜ」

菊次が女のようなやさしい声で言った。

「な、なんだと……」

淀五郎が愕然《がくぜん》となって闇を見廻す。

その背に、菊次が体当たりをして白刃をぶち込んだ。

「ぎえっ」

不意討ちをくらって淀五郎がのけ反った。

船がぐらっと大きく揺れた。

さらにもうひと突き、菊次が被さった。

そしてすばやく淀五郎から離れ、匕首を船床に放り投げて川に飛び込んだ。

静寂を破って水音が響く。

異変に土手の無数の人影が動き、一斉に提灯が照らされた。

その時には淀五郎は痙攣《けいれん》が止まり、絶命していた。

五

小次郎のいる離れに、南町奉行所定町廻り同心田ノ内伊織と、三郎三が上がり込んでいた。

捕物のあった翌日である。

「いやいや、牙殿にはまたとない情報を教えて頂きながら、面目しだいもござらん」

鶴のように痩せてしなびた田ノ内が、頭髪がほとんどなくなった頭から顔へ、手拭いで汗を拭いながら、

「手勢をくり出し、待ち伏せていたにも拘らず、一味に逃げられ申したのじゃ」

がっくりとうなだれた。

「一味というからには、何人かいたということですか」

小次郎が言った。

老齢の田ノ内には、長幼の序を守った。

「左様、淀五郎のほかにもう一人おったのです。それが淀五郎を刺し殺し、神田川へ飛び込んで逃げてしまいました」

「仲間割れですか」

小次郎の問いには、三郎三が答えて、

「どうもそうじゃねえようなんで……櫓を漕いでた奴があっしらに気づいて、それで淀五郎を刺したみてえなんです。ゆんべの積荷は麝香でしたよ。お役所で調べたら、二百両ぐれえになるそうです」

「では取引き相手は、近くにいたのかも知れんな」

「へえ、そいつぁ……」

三郎三がさらに膝を進めて、

「そこで旦那、うろうろ船のほかの船頭たちから、淀五郎の隠れ家を聞き出しましてね、朝の一番に踏み込んだんですよ」

小次郎の表情が動いて、

「で、どうであった」

「蔵んなかに葛籠が五つありましたが、中身は空っぽでした」

「淀五郎を刺した奴が持ち去ったのだな」

「そういうことだと思います」

「その買い手じゃが、貴殿が見た時はどんな男でござったか」

「頰被りをしていたので、人相は不明です。しかし若い男であったことは確かだ」

「うむ……」

田ノ内は無念そうに唸ると、

「実は半年前に長崎出島《ながさきでじま》の異人屋敷から、大量の禁制品が持ち出されたとの知らせが長崎奉行所からござっての、その首魁《しゅかい》格の阿蘭陀《オランダ》商館医師ニクラウス、それに通詞《つうじ》の山岡三六《やまおかさんろく》と申す二人が捕縛されたが、荷は運び出された後であったそうな」

小次郎は無表情でいるが、三郎三は初めて聞く話らしく、熱心に耳を傾けている。

「そのすぐ後に、天草《あまくさ》の海で難破船が打ち上げられ、水夫《かこ》七人の骸が見つかるという事件があった。これらの身許を調べるに、すべて長崎以外のよそ者で、どれもが山岡三六と関わりがあったことが判明した。恐らく山岡の差配の許で、水夫たちは禁制品を大坂《おおさか》か、あるいは江戸に運ぼうとしたのではないかとの推測が生まれた。ところが面妖なことに、難破船には積荷のひとつも残っておらなかったという。つまり別の何人かが、嵐の前に荷を他へ移したものと思えるのじゃよ。それこそ貴殿が言われるような、仲間割れかも知れんのだ。しかし今となっては、すべて憶測にしか過ぎんのだが」

そこでひと息つき、田ノ内は麦湯を飲み干して、

「うろうろ船の淀五郎という男は、たぶん長崎の一味の生き残りで、それがうまいこと江戸に荷を運び込み、売り捌いていたのではないかとわしは思う」

小次郎は何も言わない。

「田ノ内様、するってえと淀五郎を刺して逃げた奴が、ご禁制品をひとり占めして、これからぼろ儲けを狙ってるんですね」

「恐らくな」

「これで糸はぷっつりか……」

小次郎がぽつりとつぶやいた。

それで田ノ内と三郎三は返す言葉がなく、慙愧《ざんき》の思いで見交わした。

六

お鶴が昼の七つ（四時）に店へ入ると、まだ客はなく、板場で亭主の勘太《かんた》が相撲番付を見ながら莨を吹かしていた。仕込みをすべて終え、後は客待ちの状態なのだ。松屋は一膳飯屋だから、日が暮れると馬喰《ばくろう》や駕籠舁《か》き連中で店はいっぱいになる。

お鶴ともう一人お運びの小女《こおんな》が雇われていて、それはおすみといい、今日はまだ来ていない。

勘太は馬喰上がりの肥《ふと》った中年男で、お鶴の父親の市助とは旧い知り合いなのである。

たとえ客はいなくともお鶴は働き者だから、五つ並んだ飯台をごしごしと雑巾で拭き、店の表に打ち水をし、床を箒《ほうき》で掃き清めた。

日は西に傾き始めていた。

「どこへ行くのよ」

聞き覚えのある声がしたので、お鶴がもしやと思って目を走らせた。

店の前を、新吉とお七が連れ立って通って行く。どちらもめかし込んだ姿だ。

彼らはお鶴がこんな所で働いていることなど知らないから、ふり向きもしない。

なぜかわからないが、お鶴はいても立ってもいられない気持ちになった。

二人の睦《むつ》まじい姿を目にさえしなければいいのだが、見てしまった上は、

（許せない）

という思いが突き上げてきた。

丁度そこへおすみが来たので、勘太の所へ行き、家に忘れ物をしたから取りに行きたいと言い、前垂れを外して表へ出た。

急ぎ足で二人の後を追う。

新吉とお七は牢屋敷を右手に見て、竜閑川の土手をゆらゆらと歩いていた。

お鶴は距離を置きながら、後をついて来ている。

新吉がお七の耳許で何やら掻き口説くようにしていて、どうやらお七はそれを拒んでいるようだ。いやいやをして、かぶりをふっている。

それは誰の目からも若い男女がいちゃついているように見え、お鶴の嫉妬心をいやが上にも煽《あお》った。

やがて新吉の説得に負けたのか、お七がその後にしたがって歩き出した。

新吉が連れて来たのは小伝馬上町《かみまち》の裏通りで、目立たない路地の奥にひっそりとしたしもたやがあった。看板も何もないが、そこは男女が逢引《あいび》きに使う出合茶屋《であいぢゃや》であることは、お鶴の目にもわかった。

二の足を踏むお七の手を強引に取り、新吉がしもたやへ連れ込もうとしている。

お七は半べそになり、さらに尻込みだ。

お鶴が意を決し、つかつかと二人の前へ出て行った。

そのお鶴を見て、新吉が狼狽した。

新吉は長身で見栄えのするいい男である。

「お鶴、こんな所へどうしたんだ」

目を逸らしながら新吉が言う。

「ちょっと先で二人を見かけたものだからついて来たのよ。どこかの帰り？」

するとお七は急いで取り繕《つくろ》い、それまでの愚図ではなくなり、半べそもかき消されて、

「今日はね、両家で会っておいしいお昼を食べたのよ。その帰りなの。どこへ行ったと思う」

「………」

「佐久間町《さくまちょう》の水月楼《すいげつろう》よ。さすが名代のお店だけあって、料理がおいしかったわ」

お七が誇らしげに言う。

（来なきゃよかったわ）

お鶴はしだいに気持ちが萎《な》えるのがわかった。

新吉が鼻白んだ様子で、

「お七、帰ろうか。家まで送ってくよ」

「いいわよ、お鶴ちゃんと一緒に帰るから。今日はここで別れましょう」

「そ、そうかい、それじゃあ……」

新吉はお鶴へちらっと後ろめたいような視線を投げ、そそくさと去って行った。

お七はお鶴を誘って歩き出し、

「有難う、お鶴ちゃん」

「なんのこと？」

「だって新吉ったら、むりやりさっきの家へ連れ込もうとして……お鶴ちゃんが来てくれなかったらどういうことになってたか。あそこがどんな家かわかるでしょ」

「でも……二人はもうじき夫婦《めおと》になるんだから」

「嫌よ、初夜を迎えるまでは絶対に嫌。ふしだらはしたくないわ」

「うふっ、相変わらずなのね」

「何が」

「だってお七ちゃんて、見かけと違ってそういうところ、きちんとしてるじゃない。昔からそうだったわ」

「見かけと違ってって、何よ、それ。あたしって、そんなに不身持ちに見えるかしら」

「見えるわよ、派手作りだもの」

「こら、言っていいことと悪いことがあるのよ」

「あはは、でもいいじゃない、あたしが言うんだから」

「それもそうか」

二人が見交わして、ぱっと笑った。

嫉妬心はとうに失せ、お鶴の気持ちは少し和んでいた。だが胸の奥底にある新吉へのわだかまりだけは、消えなかった。

七

松屋が店じまいとなり、それからおすみと二人で山のような皿や徳利などの洗い物を片づけ、夜の五つ（八時）になって、お鶴はようやく解放された。

日暮れからのわずか一刻半（三時間）ほどの労働だが、若い娘でさえもかなりきついものがあった。

ひと晩に客は三十人を超し、五十人近い時もあった。忙しいさなかになると、勘太の息子二人が駆けつけ、板場を手伝った。

二人ともお鶴と歳は前後しており、それぞれ独立し、行商の仕事を抱えて家庭も持っている。むろんこの二人とも、お鶴は小さい頃から知っていた。

大伝馬塩町の裏通りへ入り、蓮華長屋へ急いだ。

母親のお茂が、晩の支度をして待ってくれているのだ。この刻限だと、父親の市助は近くの縄のれんへ酒を飲みに出かけているはずだ。

飯を食べて湯屋へ行き、そして寝る。朝になったら竹細工の仕事を手伝う。それからまた松屋へ行ってくたくたになるまで働く。毎日がそのくり返しだった。

希みも光もなく、なんのための人生かと空しい思いがしてならなかった。

(そうよ、あたしはきっとこのまま歳を取っていくんだわ。お七ちゃんのようなわけにはいかないのよ)

絶望的な日々だった。

長屋の木戸門の所に、見覚えのある黒い影が立っていた。

それが誰かは、すぐにわかった。

躊躇《ちゅうちょ》したが、お鶴は怯《ひる》まず近づいて行った。

昼間とは違う小袖に着替えた新吉が、待ちくたびれた口を尖らせ、「どこへ行ってたんだ」と言った。

「なんの用?」

お鶴がつっけんどんに言う。

「こんな刻限まで、何してたんだ」

新吉がまたおなじようなことを聞く。

「松屋さんよ。あんたとお七ちゃんには言ってなかったけど、あたし、あそこで夕方から働いてるの」

新吉はそうだったのかと言うと、

「松屋は柄がよくないだろう。一膳飯屋ということだけど、夜は酒場だ。通りの外まで品の悪い連中のだみ声が聞こえてるよ。客に変なことされないかい」

「お客さんはみんないい人たちよ。それよりあたしになんの用なの」

「ここじゃまずいな、ちょっと来てくれ」

お鶴の返事を待たず、新吉が身をひるがえした。

「待って、どこ行くのよ。おっ母さんが待ってるんだから」

そう言いながらも、お鶴は新吉の後を追った。口とは裏腹に、ひそかに胸が躍るのを感じていた。

新吉は人けのない稲荷《いなり》まで来ると、そこでお鶴に向き直り、

「これ、受け取ってくれないか」

金包みを差し出した。小判数枚の厚みだ。

お鶴の顔から血の気が引いた。

「何よ、なんのつもり……どういう筋のお金なの」

声が少し震えた。

「手切れ金みたいなものだよ」

「……」

愕然となり、怒りも湧いてきた。

「この金で、二人の間にあったことは忘れて貰いたいんだ」

「そんなこと、とっくに忘れてるわ」

女の感情が烈しく揺れた。

二年前に一度だけ、お鶴は新吉に抱かれたのだ。

幼馴染みとしてやってきて、新吉のことはずっと好きだったし、お七に取られたくないという気持ちもあった。抱かれた時は、新吉と夫婦になれるものと思っていた。それが今年に入って、お七と一緒になると聞いた時は目の前が真っ暗になった。

当初は新吉を恨み、お七を憎みもしたが、やがてそれは諦めに変わった。二人の家柄は釣り合いが取れているが、貧乏人の娘のお鶴では所詮叶わぬ恋なのだ。だからお鶴の方から距離を取り、意図して二人とは疎遠にしていたのである。

「そうでもないだろう。ずっとこだわってるみたいじゃないか。あたしを見る目、あれは恨みの目だ。気分悪いんだよ、そういうの引きずってるの」

ばしっ。

お鶴が新吉の頰を打った。

だが新吉は動じない。

お鶴は精一杯の目で新吉を睨んでいる。

「お七と夫婦になることが決まった上は、昔のあやまちが知れるとよくないんだ」

「あやまちですって？」

「そうだろう。二人でなんとなくそうなったんだから。あれは気まぐれだったんだよ」

「……………」

お鶴の顔が青褪《あおざ》めた。

「そうだろう、お鶴」

「よ、よくもそんなことが言えるわね……」

不覚にも、お鶴ははらはらと落涙した。

新吉が慌てたように辺りを見廻し、

「よしてくれよ、こんなとこ人に見られたらどうするんだ」

「あんたってひどい人ね、情のかけらもないのね。これじゃ何も知らないお七ちゃんが可哀相だわ」

「おい、余計なこと、お七に吹き込まないどくれよ」

「ふん、見下げ果てた男だわ。もう道で会っても口を利かない。これであんたとは縁切りですからね」

「ともかくこれは受け取ってくれ」

新吉がむりやりお鶴の手に金包みを握らせた。

「あっ、嫌っ、よして」

お鶴が抗い、そこで二人は揉み合いとなった。新吉の顔が間近にあって、男臭い匂いがした。つかのま、お鶴はなつかしいような思いがした。

だが新吉は意地を張るお鶴に、胸許に金包みを強引に押し込み、逃げるように去って行った。

「馬鹿……新吉の馬鹿っ……」

泪が止まらず、お鶴はその場にしゃがみ込んで嗚咽《おえつ》した。

捨てられることより、施しを受ける方がもっと屈辱だった。

八

夜道を小次郎と肩を並べて歩きながら、三郎三はわくわくするような思いでいた。

用心棒として、こんな心強い相棒はいないからだ。

江戸の闇社会に探りを入れるのは、三郎三のような経験の浅い岡っ引きにとっては並大抵のことではない。同業の親分で、特に彼を引き立ててくれる人がいるわけでもなし、したがって闇社会への案内人もないまま思案にあぐねた末、当たって砕けろで小伝馬町牢屋敷へ飛び込んでみた。

牢屋同心に渡りをつけ、百人近く収容されている大牢のなかから、陰物買いに関わっていた囚人を探して貰った。

それでそのうちの一人を牢屋敷内の穿鑿所《せんさくじょ》へ呼んで貰い、陰物買いのことを尋ねた。

その男は遠島の御沙汰が決まっていて、たとえ何年後かに赦免されても、闇社会に戻る気はないようで、あけすけに陰物買いの仕組みなどを披露した。

そして男の口から、江戸の陰物買いの元締のことを聞き出した時は、思わず欣喜《きんき》雀躍《じゃくやく》したものだ。

「元締は九州三《くすぞう》といって、回向院《えこういん》裏でぼんくら堂という骨董の店を出している。そこに江戸中の陰物買いの連中が集まることになってるんだ。手下の数は五十とも百とも言われているぜ」

男が囁くような声で、そう教えてくれた。

それから石田の家へ突っ走り、小次郎に経緯を語り、ぼんくら堂への同行を願い出た。

そんな伏魔殿《ふくまでん》のような所へ単身乗り込み、陰物買いの元締と渡り合うほどの度胸は三郎三にはなかった。命の保証はないし、十中八九生きては帰れないと思った。

三郎三は小次郎のことをへそ曲がりだと思っているから、断られて元々だと覚悟をしていたが、あにはからんや、小次郎はあっさりと承諾したのだ。

回向院裏は人家も少なく、漆黒の闇のなかに不気味に沈んでいた。

そのなかにぽつんと古びた軒灯《けんとう》が見え、ぼんくら堂と書いてあるのが読めた。表戸は閉まっていて、人の在否は不明だ。

「裏へ廻って様子を見てきます。旦那はここにいて下せえ」

そう言って行きかける三郎三の腕を、小次郎が取った。

「その必要はない」

「へっ？」

「まともな家へ押し入るのとは違うのだ。余計な手間隙《てまひま》は無用であろう」

言うや、小次郎が潜《くぐ》り戸《ど》を蹴った。二、三度それをやると、なかでかたんと心張棒の落ちる音がした。

小次郎が三郎三をうながし、ずいっとなかへ入る。

三郎三は呆気に取られている。

店土間に立つと、そこへ奥から人相の悪いのが五、六人、どやどやと現れた。いずれもやくざまがいの男たちで、九州三の手下と思われた。

「なんだ、てめえらは」

一人が腕まくりをして吠え立てた。

三郎三がすかさず十手を突き出し、

「御用の筋だ。逆らう奴は只じゃ済まねえぞ」

小次郎の虎の威を借りて突っ張った。

だが男たちは十手を見ても動ぜず、せせら笑って、

「いい度胸してるじゃねえか、若えの。ここへ来た上は生きちゃ出られねえぞ。家のもんと水盃は交わしてきたのか」

おなじ男が言い、一斉に笑いが上がった。そうしながら、男たちは懐に呑んだ匕首に手をかけている。

小次郎が床に落ちた心張棒を拾い上げ、板の間へ駆け上がるや、無造作に先頭の男の顔面を殴打した。

「あっ」

不意をくらった男の額が割れ、たちまち血がたらたらと流れ出る。

騒然となり、殺気立つなかへ小次郎が身を躍らせ、片っ端から心張棒をふるった。棒は無駄なく、残酷なほどに的中していく。

呻《うめ》きや叫び声を上げ、男たちが次々に床に這い廻った。当分の間、再起は不能と見えた。

「行くぞ」

小次郎が言い、ずんずん奥へ向かった。

三郎三は度肝を抜かれて言葉もなく、倒れている男たちを飛び越えて後を追った。

奥の間で、元締の九州三は夜具にくるまって病臥《びょうが》していた。初老で顔色が悪く、気息奄々《きそくえんえん》とした有様だ。

小次郎がその枕頭にどっかと座り、三郎三もその後ろに控えた。

「おまえが九州三か」

小次郎が言った。

九州三はぎろりと小次郎を睨むが、何も言わない。

「長崎の異人屋敷から禁制品が盗み出され、それが江戸に出廻っている。売り捌いている淀五郎なる者は仲間に殺されたが、禁制品も忽然と消えた。その仲間の男のことを知りたい」

小次郎が言った。

「おれぁ……もう先が長くねえ……こんな年寄をいじめねえでくれよ……」

九州三が息も絶えだえに言い、躰の向きを変えると見せかけ、やおら夜具をはねのけて半身を起こし、布団のなかに隠し持った長脇差《ながドス》を抜いて突いてきた。

小次郎は座ったままですばやくその利き腕を捉え、たぐり寄せて容赦なく骨折させた。

「ぎゃあっ」

九州三が夜具の上でのたうち廻る。

三郎三は落ちた長脇差をすかさず拾い、浮足立って、

「だ、旦那、この野郎は……」

「小賢《こざか》しい男だな。とっさに死に損ないの芝居を考えついたのだ」

そう言って立つと、九州三の折れた腕を取って馬乗りになり、

「もっと痛い目に遭わせるぞ」

「よせ、やめろ」

小次郎が身を放すと、九州三は激痛に喘《あえ》いで、よだれも垂らしながら、

「いってえお武家さんは、なんだってこんなことを……」

小次郎は答えず、冷たい目で九州三を見ているだけだ。

三郎三が固唾《かたず》を呑んでいる。

九州三は小次郎の沈黙に耐えられなくなったのか、

「わ、わかったよ……」

観念した様子になると、

「淀五郎ってえ野郎は、確かに半年めえにおれん所に挨拶に来た。江戸で陰物買いを始めるんでよろしくお願えしやすと言って、決まりの上納金を納めときながらそれっきりだ。それから暫くして、おれの知らねえ禁制品が出廻るようになった。手下に調べさせたら、淀五郎の仕業だってことがわかったんだ。だからおれも奴にはこけにされてるから、行方を探してたのさ。へん、仲間に殺されたんなら世話はねえや」

「その仲間のことを知りてえんだよ」

ようやく自分を取り戻した三郎三が、脇から十手をちらつかせて言った。

「そんな奴のことは初耳だ。けど淀五郎と取引きしてた相手のことはつかんでる

ぜ」

その先をうながし、小次郎が九州三をじっと見た。

「その相手ってのは、内神田豊島町の唐物商で鳴子屋竜蔵っててえんだが……」

「そいつん所へ行ってみたんだな」

これも三郎三だ。

「売る方だけじゃなく、買う方だってとっちめなくちゃならねえから、豊島町へ手下をやったんだ。そうしたら、鳴子屋なんて店は影も形もねえ。なんだか狐につままれたみてえで、そうなるとおれとしちゃお手上げよ」

九

その足で小次郎と三郎三は豊島町へ行き、念のために唐物商の鳴子屋を探してみた。

どこの商家も表戸を閉ざしているが、屋根看板をつぶさに見て歩く。

米屋、酒屋、味噌問屋、呉服屋、畳屋、茶問屋……九州三が言った通り、どこにも鳴子屋はない。

喉がひりついたので三郎三が誘い、自身番へ立ち寄った。

家主二人、店番二人、番人一人の自治体制は、行燈の灯の下で人別帳の整備をしていた。

番人の老爺が二人に麦湯を出した。

三郎三はそれで喉を潤しながら、無駄だと思いつつ、

「豊島町に鳴子屋ってえ唐物屋はねえかな。主の名めえは竜蔵、もしかしたら店を畳んだのかも知れねえんだが」

五人へ向かって聞いてみた。

小次郎は上がり框に座り、ひっそりとこっちに背を向けている。

家主たちはもぞもぞと見交わし合い、口を揃えて後にも先にもそんな店はないと言う。

すると番人が、ぼそっと妙なことをつぶやいた。

「おかしなこともあるもんだなあ……」

三郎三が聞き咎めて、

「父っつぁん、どうしたい」

「いえね、昼間に若え男が来て、親分とおなじことを聞いてったんだよ」

三郎三の目がきらっとなって、

「唐物商の鳴子屋はどこにあるかって、聞いたんだな」

「そうだよ」

「その若いの、顔は憶えているか」

小次郎が初めて口を開いた。

番人は相手が武士なので態度を改め、

「へえ、よっく憶えておりやすよ。前髪をぱらりと垂らした気障《きざ》な野郎で、女形みてえなきれいな面した痩せぎすの男でござんした」

小次郎と三郎三がすっと視線を絡ませ合った。


さらに二人はその足で八丁堀《はっちょうぼり》へ赴き、田ノ内伊織の組屋敷を訪れた。

田ノ内は奥で晩酌を楽しんでいたらしく、ほろ酔いの赤い顔で現れた。

三郎三から抜け荷の一件で新たな展開があったと聞かされると、慌てたように二人を客間へ通した。

やがて田ノ内は寝巻から着流しに着替えて再び現れ、二人の前に着座した。

そこで三郎三が、陰物買いの元締の口から、禁制品を買い取る鳴子屋竜蔵の名を聞き出したことを告げた。しかし豊島町へ行っていくら探しても、そんな唐物商は見つからないと聞かされ、田ノ内は面妖な面持ちになって考え込んだ。

さらに追い打ちをかけるように、鳴子屋竜蔵を女形のような若い男が探している、と三郎三から聞くと、きらっとした目を上げ、

「そ奴こそ、淀五郎を刺した張本人ではあるまいかの」

「へえ、あっしもそう思いやすぜ」

三郎三が言い、明日、自身番の番人を呼んで、若い男の顔絵を作るつもりだと言った。

すると小次郎が、

「田ノ内殿、ここはひとつ炙《あぶ》り出しをしてみてはいかがかな」

と言った。

「何、炙り出し？」

「幻の唐物商、鳴子屋竜蔵の手配書を作り、巷《ちまた》に流布《るふ》させるのです。それには抜け荷買いの極悪人と書いてもよろしかろう。それを見た敵がうろたえ、なんらかの動きをすれば思う壷です。一石を投じて波紋を広げぬことには、水面下で息をひそめている奴らが動きますまい」

田ノ内がぽんと膝を叩き、

「それは良策でござるな。うむ、早速明日からやってみよう。いやいや、牙殿には重ね重ね、忝《かたじけな》い」

田ノ内が頭を下げるので、小次郎は軽くそれをいなしておき、

「ところで田ノ内殿はおひとりか」

屋敷内があまりに静かなので、不審に思って問うた。

「左様、ひとりなのじゃ」

田ノ内の説明不足を三郎三が補って、

「田ノ内の旦那は早くに奥方を亡くしやしてね、子も授からなかったんで、ずっとおひとりできちまったんですよ。だからあっしのことを伜《せがれ》と思って下せえと、いつも言ってるんでさあ」

「ふん、おまえのような不出来な伜はいらんのじゃ。わしひとりの方がさばさばしてずっとよいわ」

頑固そうに突っぱねる様子がおかしく、三郎三がけらけら笑った。

小次郎は笑わなかったが、今までと少し違う目で田ノ内のことを見ていた。

今上天皇の外祖父である父と、どこかに相似したものを見出したのだ。

十

それから二日が経った。

町辻の要所に、鳴子屋竜蔵の手配書が貼り出された。顔絵こそなかったが、抜け荷買いの極悪人として喧伝《けんでん》され、町中の評判になった。

しかしそんなことはつゆ知らず、お鶴は鼈甲櫛笄問屋の三州屋の前へ来て、今さらながら気後れがしていた。

新吉に強引につかまされた金を返しに来たのだが、それを口実に逢いに来たのかと思われるのが口惜《くや》しかった。それで二日の間、ずっと思い悩んでいたのだ。

あの夜の新吉の態度を見て、さすがに心が冷えた。

もうきれいさっぱり、未練はなかった。それまでは新吉が忘れきれず、娘心を悶々とさせていたのだ。そうして胸のなかから新吉を消し去るや、少し世間が明るくなったような気がした。

それだけに、金はどうしても突っ返してやりたかったのだ。

店の前を通り過ぎ、すばやくなかの様子を窺った。

帳場に新吉の父親の治兵衛《じへえ》が、白髪頭で座っていた。後は番頭や手代たちが、忙しそうに客の応対をしている。

だが新吉の姿はどこにもなかった。

細い路地から裏手へ廻った。

そこは軒を連ねた商家の勝手場が多く、昼下りのこの刻限はひっそりとしていた。

どこかの家の軒から、風鈴の音が聞こえている。

三州屋の勝手へ近づき、お鶴はあっと声を上げそうになった。

すぐ近くに新吉がいて、それが二人の男とひそひそと立ち話をしているのだ。それには近寄り難い秘密の匂いがした。

なぜかどぎまぎとし、お鶴は向かいの家の路地へ身を隠した。

そこから新吉の様子を見守る。

二人の男は堅気《かたぎ》の人間とは思えず、どちらも悪相で目つきが悪かった。

その二人へ、新吉が金を渡しているのが見えた。

「今晩、五つの鐘が合図ですよ。首尾よくやって下さいね」

新吉がやさしげな声で言うと、男二人はへつらうような笑みを浮かべ、「若旦那の方こそ、しっかり頼みやすぜ」と一人が言い、足許に置いた重そうな木箱を担ぎ上げた。

それまでお鶴は木箱に気づかなかったが、妙にそれがひっかかった。

男二人が去って行くと、新吉は油断のない目で辺りを見廻し、やがて家のなかへ姿を消した。

新吉のその表情や目配りする様子など、お鶴が今まで見たことのないものだったから、まるで別人の彼を見るような思いがした。

胸騒ぎが治まらず、お鶴は自分でも何をしているのかわからぬまま、足早にその場を離れた。

新吉に金を返すことなど忘れてしまったかのように、男二人をひたすら追った。

路地から路地を探しあぐねた末、ようやく道浄橋《どうじようばし》の手前で二人に追いついた。

二人は伊勢町《いせちよう》河岸《がし》を西へ向かい、雲母橋《きらら》を渡って、ごみごみした瀬戸物町《せともちよう》の路地へ入って行く。

距離を取りつつ、お鶴は引きずられるようにしてその後を追った。

男たちは木戸門から長屋へ入って行き、二人して一軒の家のなかへ消えた。

幸い長屋の路地に人けがなかったので、お鶴は恐る恐るその家へ近づいた。

家のなかから、一人の声が聞こえた。

「こんなものが出てきた日にゃ、嶋屋はもういけねえな」

「………」

お鶴の顔がひきつった。

恐らく、お七の家に何か災いが降りかかるのだ。胸の奥で烈しく兇音《きょういん》が鳴り響いたような気がした。

路地に子供の群れが入って来たので、お鶴は慌ててそこを離れた。

十一

その夜、小夏は嶋屋幸右衛門の家に呼ばれてもてなしを受けていた。

そこには新吉も来ていて、お七とともに和やかな宴となった。

幸右衛門は酔うほどに、石田の家の先代をなつかしむ話を長々と始め、さすがに小夏は内心で辟易《へきえき》とさせられた。それはこれまでも何度も聞かされた話だった。

新吉もお七も小夏の前では行儀がよく、仲よく並んで座った二人を見て、つくづくと似合いだと思った。

そのうち酔いの早い幸右衛門が退座し、三人だけになった。

そこで小夏は、気にかけていたことを口にした。

「以前にあたしがお祝いで来た時にいたお鶴さんて子、どうしていますか。お二人とも幼馴染みなんでしょ」

「ええ、確かに。小さい頃三人はいつも一緒でしたよ」

新吉が言うと、お七も首肯《しゅこう》して、

「お鶴ちゃんにはこのところ落ち着いて会ってないんですよ。あたしも気になってるんですけど、毎日がお嫁入りの支度でばたばたしてるものですから」

新吉が苦笑を浮かべ、

「忙しいんだよ、お鶴は。この間道でばったり会ったら、日暮れから一膳飯屋の松屋で働いてると言っていた」

「あの松屋で？」

「そうさ。馬喰や駕籠舁き連中の集まるうす汚い店だよ」

新吉のあしざまな言い方に、小夏がふっと眉を寄せて彼のことを見た。

「どうしてあんな所で」

さらにお七が聞く。

「暮らしが楽じゃないからだろう」

新吉のその声には、同情はみじんも感じられなかった。

「そうだったの……あたし、明日にでもお鶴ちゃんの所へ行ってみようかしら」

「それはやめた方がいい」

「どうして」

新吉は言い難そうに小夏をちらっと見て、

「女将さんの前でこんな話は恐縮なんですけど、お鶴はあたしたちのことを快く思ってないようなんだ。よそよそしくて、怒ってるみたいにして、ろくすっぽ口を利かないで行っちまったよ」

「嫌だわ、快く思ってないなんて。あの人、そんな人じゃないはずなのに……やっぱりお鶴ちゃんに会ってみる」

「お七、あたしがやめた方がいいと言ってるんだよ」

「でも……」

新吉が睨むようにしたので、お七はそれきり黙り込んだ。

小夏が鼻白んだように二人のやりとりを聞いていて、

「おやおや、新吉さんはもうご亭主気取りなのね」

揶揄《やゆ》するように言った。

「いえ、ははは、そんなつもりは……」

新吉が笑ってごまかすところへ、五つの時刻を知らせる鐘の音が聞こえ始めた。

その目を一瞬緊張させ、ちょっと憚《はばか》りへと言い、新吉は中座して行った。

そうして新吉は曲がりくねった廊下を足早に突き進み、裏庭の見える所まで来た。縁から下駄をつっかけて庭へ下り、裏木戸の方を窺う。

そこに男二人の影が潜んでいた。一人が木箱をひっ担いでいる。

木戸を開けて二人を招き入れ、新吉は蔵へ急いだ。その前へ来ると、帯の間に差し挟んだ蔵の鍵を取り出した。嶋屋にはしょっちゅう出入りしているから、誰にも怪しまれずに手に入れたものだった。

新吉が蔵の扉を開けるや、男二人はすばやくなかへ入り、積荷の上に木箱を置いた。そうするのに少しもたついた。

「早くしておくれ」

新吉に急かされ、二人が出て来ると、また元通りに扉に鍵をかけた。

「若旦那、首尾は上々でござんしたね」

一人が言うのへ、新吉は邪険に手を払い、

「いいから、早いとこ消えとくれよ」

別の男が「へい」と言い、また賭場でお会いしやしょうと囁き、二人は木戸の向こうへ消えた。

新吉は縁へ駆け上がり、元の客間へ戻ろうと廊下を小走った。

その前に不意に番頭が姿を現し、新吉はぎくっと立ち尽くした。

「あ、丁度よかった。若旦那、表にお鶴さんが来てますよ」

「えっ」

「お嬢様に是非ともお話ししたいことがあると言ってるんです。伝えて頂けますか」

「わ、わかりました……」

番頭が去ると、新吉は眉間に皺を寄せて考えていたが、客間へは戻らずに店の方へ向かった。

店の表に佇んでいたお鶴は、潜り戸から出て来た新吉を見て、おののいたようになって後ずさった。

「何をしに来たんだ、お鶴」

新吉が苛立ちを浮かべた目で言った。

お鶴は少したじろいで、

「あんたじゃないのよ、お七ちゃんに会いに来たのよ」

「今はお客がいて席を外せないんだ。話ならあたしが聞くよ。お七になんの用だい」

「あ、あんたになんか言えない話よ」

「おい、お鶴、こんな夜にいったい何事なんだい。松屋はどうしたんだ」

今日は休んだわとお鶴は言うと、

「ちょっとでいいから、お七ちゃんをここへ呼んで」

「おまえに会わせるわけにはいかないよ。帰ってくれないか」

「新吉、あんたって人は……」

お鶴が言いかけた言葉を呑み込んだ。

新吉の目が、また別人のような冷たいものになったからだ。

「なんだって？　あたしがどうしたというんだい。はっきり言っとくれよ」

新吉に肩をつかまれ、お鶴は怖気をふるったようにさっと身を引き、「また来るわ」と言って踵《きびす》を返した。

その背に新吉が言った。

「お鶴、ここへは二度と来ないどくれ。もうおまえの顔なんか見たくないんだ」

「………」

お鶴は耳を塞ぎたい気持ちで嶋屋から遠ざかり、夜道をうつむいて歩き続けた。

今日は松屋を休み、五つの刻限になる前から嶋屋の裏手へ来て暗がりに隠れていた。すると打ち合わせ通りに木箱を担いだ男二人が来て、お鶴から離れた所に身を潜めた。やがて新吉が現れ、二人を誘って蔵へ導き、扉を開けたのだ。

新吉が嶋屋に来ているのに不思議はなかったが、店の者でもないのにどうして蔵の鍵を持っているのか、お鶴の疑惑は募った。

そして男二人が蔵のなかへ入り、出て来た時は木箱がなくなっていた。

それを見たお鶴の頭のなかで警鐘が鳴らされ、そのことをお七に知らせねばと、表へ廻って戸を叩いたのだ。

あの木箱の中身がなんなのか未だに不明のまま、しかし間違いなく悪事の匂いがして、お鶴の胸は不安ではち切れそうになった。

足がそれ以上進まなくなり、どうしたものかと思い詰めた。

気がついたらそこは地蔵橋の上だったから、お鶴はきゅんと心が痛んだ。

（泣きべそ橋……）

この橋の上に立つと、いつだって新吉やお七のことが目に浮かぶ。そして幼い自分もそこにいるのだ。

そこへからころと下駄の音がして、

「おや、まあ」

と言う女の声がした。

お鶴が見やると、それは嶋屋からの帰りの小夏で、その貌《かお》はすぐに思い出した。

小夏がつかつかと寄って来て、

「お鶴さん、こんな所で何をしているのさ」

「纏屋の女将さん……」

「何か思い悩んでるみたいだったけど、心配事でも？」

「え、いいえ、あたし……」

お鶴の目がうろうろとさまよった。

その様子に只ならぬものを感じ、小夏は機転を利かして、

「ちょっと家へ寄って行く？　お茶でも飲みましょうよ。帰りはうちの若い衆に送らせるわ」

「……」

この時、お鶴は心底小夏が救いの神に思えた。

十二

石田の家へ上がり、小夏の十畳の居室へ通されて、そこでお鶴は改めて何があったのかと小夏に聞かれた。

初めは言い淀んでいたが、いつまでもうじうじしている自分が嫌になってきて、お鶴は覚悟をつけて語り出した。

新吉、お鶴、お七の三人が幼馴染みであることは小夏は知っていたから、話は早かったが、新吉と過去にわけがあったことだけは明かすまいと決めた。

その上で、お鶴の目から見た新吉の不審な行動に話が及ぶと、小夏は表情を険しいものにして告白を中断させ、ここで待っていてねと言って席を外した。

やがて小夏は戻って来たが、一緒に入って来た小次郎を見て、お鶴はもじもじとして萎縮してしまった。お武家などと話したことがないから、恐ろしい気がしてならなかった。

小夏はお鶴に、この方は家に間借りしている牙小次郎様よと引き合わせておき、たった今聞かされたばかりの新吉の不審を語り始めた。

「三州屋の新吉さんが家の裏手で、人相のよくない男二人に何やらうさん臭い木箱を渡してたそうなんです。それを変に思ったこの子が男たちの後をつけて、瀬戸物町の瓢箪《ひょうたん》長屋まで行ったら、こんなものが出てきたら嶋屋はもういけねえなと、男の一人がそう言ってるのが聞こえたというんですよ」

小次郎は口を挟まずに聞いている。

お鶴は硬い表情でいたが、ちらっと小次郎と視線が合い、慌てて目を伏せた。

それは最初に抱いた怖れとは別の、小次郎の目の底にやさしげな、やわらかなものを見たからだ。それで少し心がほぐれたような気がした。

それにしても、不思議な雰囲気のご浪人様だと思った。

一見すると冷やかそうで近寄り難いが、心根は決してそうではなく、それよりどこか雅で貴族的な風情が漂っている。そこいらにいる浪人者とは、はっきり違っていた。

そして色白で彫りの深い小次郎の容貌に、畏怖は消えぬものの、小娘の胸をときめかせるものがあった。

「それからどうした」

小次郎が初めて言葉を口にした。

それは低いが、凜としてよく通る声だったから、お鶴は思わず耳を傾けた。

「嶋屋さんの名前が出たんでこの子はびっくりして、とても仕事なんか手につかなくなって、今日は松屋も休みにして五つ刻に嶋屋へ行ってみたんですって」

「松屋？」

「それは近くの一膳飯屋で、この子は日の暮れからそこで働いてるんです」

小夏がお鶴の方を見て、

「それでどうだったの、お鶴さん。あたしが聞いたのはそこまでなんだけど」

「はい」

お鶴はもう怖れをなくし、その後のことを二人に語った。

新吉が嶋屋に来ていて、小夏をもてなしている席から中座し、裏手で待つ男二人を誘い入れて、蔵の扉を開けて木箱を置いたまでを明かした。そこまで新吉がやるのはとても尋常なこととは思えないから、お七にそれを告げようとした。だが新吉に邪魔され、けんもほろろに追い返された。

そこまでを一気に語った。

小夏が小次郎へ膝を向けて、

「どう思いますね、旦那。今から嶋屋さんへ行って、蔵にあるという木箱のなかを開けてみませんか」

　矢も楯もたまらないように言う。

「いや、それはせぬ方がよいな」

「どうしてですか、気になるじゃありませんか。あたしは嫌な予感がしてならないんですよ」

「新吉の狙いがどうにもわからん。ゆえにここは事態を見守った方がよかろう」

「何もしないんですか」

「そうだ」

「でもあたしにはわけがわかりませんね。これから縁組する嫁さんの実家に、災いを起こしてどうするんですか。新吉さんは何を考えてるんでしょう」

「さあな」

「さあなって、旦那……」

　小夏は歯痒《はがゆ》く唇を噛むと、

「んもう、いつもこうなのよ。いつも雲をつかむようで、この人の気が知れないのよ」

　訴えるようにお鶴に言った。

お鶴は黙っていたが、そこは娘の勘で、女将さんはこの人に信頼を寄せているんだなと思った。あるいはほの字なのかもと、勘ぐりもした。

だが小夏が席を外した時、小次郎にどきりとするようなことを言われた。

「お鶴と申したな」

「はい」

「新吉とのことは、もう諦めがついているのか」

「え……」

「幼馴染みの新吉は、なぜか変わってしまったのだな。おまえにとっても、お七にとっても、もうふさわしくない男になってしまったのだ」

「……」

お鶴は絶句したまま、何も言えなくなった。

ひと言も新吉とのことに触れてないのに、どうしてこの人は見破ったのだろうか。

女将さんでさえ気づいていないのに、やはり怖ろしい人だと思った。

それに新吉がお七にとってもふさわしくないとすると、差し迫った縁組はどうなってしまうのか。いや、いっそ破談になった方がいいのかも知れない。

小次郎が言うように、本当に新吉は昔の彼ではなくなってしまったのだから。

十三

「こんやちょう三ちょうめのしまやに　ごきんせいのしなあり」

皺くちゃの文に、金釘流《かなくぎりゅう》でそう書かれてあった。

三郎三は田ノ内と肩を並べて歩きながら、首をひねってそれを何度も読み返している。二人の後ろには、五、六人の下っ引きがついて来ている。

「田ノ内様、あっしにはどうしても合点がいかねえんですがねえ。紺屋の嶋屋っていったら、町火消しの半纏を一手に引き受けてるような大店ですよ。あっしが懇意にしている纏屋とも深いつながりがあって、それがまさか抜け荷をやってるとは、とても考えられませんよ」

田ノ内が奉行所へ赴いたところへ吟味方与力に呼び出され、茅場町《かやばちょう》の大番屋にこんな投げ文があったとその文を渡された。それで与力に、事の真偽のほどを糺して参れと言われたのだ。

「ふん、どうせいたずらに決まっておる。恐らく嶋屋の栄華を妬《ねた》む輩《やから》の仕業であろう」

田ノ内は不機嫌な口調で、

「歳を取るとつまらん仕事ばかり押しつけられる。若手の連中などはもっと手柄に結びつく仕事を命ぜられておるに、わしに廻ってくるのはこんなくずばかりじゃ。くそ面白くもないわ」

三郎三がなだめて、

「まあまあ、旦那、ご不満はよくわかりますが、世の中何があるかわかりません。辛抱してこつこつとやりましょう」

「おまえごときに言い聞かされてどうするのじゃ。これでも若い頃は鬼同心と怖れられたのだぞ」

「お歳を召したら、鬼も仏にならなくちゃいけねえんです」

「うるさい。したり顔でもの申すな、若造の分際で」

「へい、出過ぎたことを」

三郎三が下っ引きらにふり返り、田ノ内にわからないようにぺろっと舌を出した。

嶋屋へ到着すると、町火消しの頭が来ていて、幸右衛門に半纏の註文をしていた。他に何人かの火消し人足もしたがっていて、彼らの上げる笑い声などで店は賑やかだった。

田ノ内と三郎三の姿に、一同が何事かという目を向けた。下っ引きたちは表に屯している。

「主、これへ」

田ノ内に指し示され、幸右衛門がその前へ来て畏まる。

「このようなものが大番屋に投げ込まれた。心当たりはあるか」

田ノ内が投げ文を見せ、それを手にした幸右衛門が驚愕して、

「て、手前どもにどうしてご禁制の品などがございましょう……」

それを聞いた火消し連中が目の色を変え、一斉に立ち上がって田ノ内と三郎三を取り囲むようにした。

「嶋屋さん、悪いいたずらだとは思うんだがな、ちょいと蔵んなかを改めさせてくれねえか」

三郎三が申し訳なさそうに言う。

「お役人様、嶋屋さんに限ってご禁制の品もんを扱うなんて、ありえませんぜ」

火消しの頭が目を尖らせて言った。

「わかっておる。したがかような投げ文があったる上は無視もできんではないか。

念のために調べるだけじゃ」

田ノ内の言葉にうながされ、幸右衛門がしたがった。

幸右衛門が蔵の扉を開け、田ノ内と三郎三がずいっとなかへ入る。

そして積荷の山を見廻していた二人が、同時に木箱に目をやった。

「あれはなんじゃやな」

田ノ内の指すそれに、幸右衛門は怪訝顔になって、

「はて、覚えがございませんが……」

田ノ内が命じ、承知した三郎三が木箱を下ろし、十手の先で蓋を壊してこじ開けた。

覗き込んだ二人があっと目を剝く。

木箱のなかには、煎海鼠と鱶のひれが詰まっていた。

「こいつぁ……」

三郎三が混乱した目で幸右衛門を見た。

幸右衛門もその中身を見て愕然となり、その場にへたり込んだ。

「そんな馬鹿なことが……ど、どうしてこんな……」

紺屋町の大通りを、縄を打たれた幸右衛門がうなだれ、引っ立てられて来た。その周りを田ノ内、三郎三、下っ引きらが取り巻いている。下っ引きの一人は押収した木箱を担いでいる。

そこへ外出していたらしいお七が兇報を知らされ、ふり袖姿のままで駆けて来た。その後に新吉もしたがっている。

「お役人様、お待ち下さい。お父っつぁんがどうして抜け荷なんぞを。これは何かの間違いです」

一行の前に廻り込み、お七が必死の形相で言った。

新吉はなす術なく、うろたえている。

田ノ内がお七を諫《いさ》める目で、

「わしもそう思っていたが、証拠の品が出てきたのじゃ。これは動かし難いではないか」

お七を押しのけ、突き進んだ。

すると新吉が田ノ内に取り縋《すが》って、

「どうかお役人様、後生でございます。何卒《なにとぞ》ご慈悲《じひ》を」

「ならん」

「三郎三の親分、なんとかして下さいまし」

新吉が三郎三にも頼む。

「すまねえな、今日んところは勘弁してくんな」

三郎三が手刀を切って謝り、通り過ぎた。

お七がわっと泣き崩れ、新吉が急いで駆け戻った。

「新吉、お父っつぁんはどうなっちゃうの。どうなっちゃうのよ」

「お七、濡れ衣はすぐに晴れるよ。こんな馬鹿なことが罷《まか》り通ってたまるものか」

声を震わせながら、お七を慰めた。

その臭い芝居を見て取り、野次馬のなかにいた小次郎がさっと身をひるがえした。

十四

遊び人の善太《ぜんた》と久六《きゅうろく》は夜までの暇潰しに、花札を打っていた。日が暮れたら西両国へくり出し、私娼窟でうさ晴らしをするつもりだった。

瓢箪長屋には二人して住んでいるが、どちらもこのところ不景気で酒と女は遠ざかっていたから、かなり鬱屈《うっくつ》していた。

そこへ新吉から秘密の仕事を頼まれ、思わぬ棚ぼたとなったのだ。

「へへへ、世の中捨てたもんじゃねえな、兄貴」

三つ年下の、三十になる久六が言った。

「ああ、そうともよ。ああいう馬鹿旦那がもっといてくれるとおれたちも左団扇《ひだりうちわ》なんだがな、棚ぼたはそうざらにゃねえ」

「けど貰った銭は貯め込むつもりはねえぜ。女の次は博奕《ばくち》だ」

「あた棒よ、宵越しの銭を持ってたまるかってんだ」

突如、油障子がぱっと開けられ、小次郎が入って来た。

二人がぎょっとなって見やり、何か言いかけるより早く、小次郎はものも言わずに抜刀して善太の腿《もも》に白刃をぶっ刺した。

ざくっ。

「うわあっ」

小次郎はすばやく白刃を引き抜き、次いで久六の腿も刺した。

二人の腿からどくどくと血が流れ出て、あまりのことに叫ぶことも忘れ、善太と久六は脚を抱えて転げ廻った。

「くそう、てめえ、何しやがる」

善太が苦しみもがけば、久六は泣きの泪で、

「痛え、痛え、ひでえことしやがる。おれたちがいってえ何をしたってんだ」

小次郎は善太の着物で血刀を拭い、鞘に納めると涼しい顔で上がり框に腰を下ろし、

「何をしたか、おのれの胸に聞いてみろ」

二人は凄《すさ》まじい怨みの目だ。

「三州屋の伜とはどういうつながりなのだ」

三州屋の名が出て、二人はとたんに視線をうろつかせる。

「有体に答えねば、二人とも次は片腕を斬り落とすぞ」

かちゃ。

小次郎の手が刀の柄にかかった。

二人が怯えた声を上げ、部屋の隅へともにバタバタと這って逃げて、

「な、なんでも言う。三州屋の若旦那とは西両国の賭場で知り合ったんだ。それもまだ日は浅え、三月《みつき》になるかならねえかだ」

善太が白状する。

「それで、何を頼まれた」

「木箱を渡すから、それを嶋屋の蔵へ入れてくれと。おれたち二人、二両でそいつを請負った」

引き続き善太だ。

「その木箱の中身は知っていたのか」

「ああ、知ってた。ご禁制品だ。どうってことねえじゃねえか。だから嶋屋を陥れることはわかってたぜ」

喋り過ぎるぞと、久六が善太の袖を引く。

「おまえたちの働きのお蔭で、嶋屋の主は抜け荷の科で役所へ送られたのだぞ」

「あ、後のことは知ったこっちゃねえ。おれたちゃ金にさえなりゃいいんだ」

「しかし妙ではないか。わざわざ人手を頼まずとも、新吉の立場なら一人でこっそりそれができたはずだ……」

暫し考えていたが、

「……なるほど、そういうことか」

「な、なんか裏でもあるってのか」

善太は聞かずにはいられない。

「たぶんおまえたちが嶋屋の蔵に、禁制品を運び入れたという本当のことが必要だったのだ」

「仰せの意味がよくわからねえんだが……」

久六がおずおずと聞いた。

「万が一を考え、おまえたちにやらせたということだ」

「万が一とは？」

久六が食い下がる。

「悪事が露見した時だ。その時、おまえたちは泥を被ることになる」

「げえっ」

「冗談じゃねえ、運び役だけで抜け荷の一味なんかにされてたまるかよ」

善太が吠えた時には、小次郎は風のように立ち去っていた。

十五

（うひゃあ）

三郎三が悲鳴を上げそうになった。

目の前の土がむくむくと盛り上がり、黒い小動物が上体を現したのだ。もぐらだ。

（あっち行けよ、こん畜生めぇ）

手で払うと、もぐらは再び土中に消えた。

ほっとして冷や汗を拭い、床上に目をやった。

小次郎の命で夕方から三州屋に忍び込み、治兵衛の居室と思《おぼ》しき部屋の床下に潜り込んでいるのだ。だから三郎三の顔は蜘《く》蛛《も》の巣だらけだった。

夜更けて、ついさっき四つ（十時）の時の鐘を耳にしたばかりだ。

やがて部屋に出入りする何人かの足音が聞こえてきて、器の触れ合う音がした。

酒盛りでも始めるようだ。

やがて人の出入りもなくなり、ひっそりとして、そのなかで静かに飲食をする音が聞こえ始めた。

それが手に取るようによく聞こえるので、三郎三は躰を丸めて耳を欹《そばだ》てた。

部屋では三州屋治兵衛と新吉の親子が向き合い、酒肴の膳を楽しんでいた。

「お父っつぁん、嶋屋の旦那は今頃お牢のなかだよ。あの人は躰がそんなに丈夫じゃないから、あんな所へ入ったらおっ死《ち》んじまうかも知れないねぇ」

「ふん、ざまあみろだ。胸がすっとするよ」

白髪頭を揺らせ、治兵衛が邪《よこしま》な目を笑わせる。

「なんだか気の毒な気もしないでもないね。お父っつぁんは嫌ってるけど、あんな真っ正直で善良な人はいないんだから」

「おまえはまだ人を見る目がないんだ」

ぐびりと盃を干すと、

「それともお七に情でも移ったかね」

「ははは、そんなことはありえないよ。幼馴染みだから、女だと思ったことはないのさ」

「おまえにはもっとふさわしい相手がいくらもいる。この一件が片づいたら、あたしが本腰を入れて探してやるよ」

「頼むよ、お父っつぁん」

（うひゃあ）

三郎三がまた悲鳴を上げそうになった。

さっきのもぐらが今度は土中から顔だけ出し、こっちを睨んでいる。

三郎三が土を叩くと、もぐらはさっと消えた。

（それにしても、なんてえ腹の黒い親子なんだ。だったらなんで縁組なんかしたんだ）

わからないことだらけで、三郎三が思案投げ首になるところへ、庭先に足音を忍ばせるようにして男が入って来た。

三郎三がぎくっとなり、身を伏せる。

その目の前で男の足がそっと縁へ近づき、草履《ぞうり》を脱いで上がって行った。

(いってえ、誰なんだ)

三郎三が息を殺す。

再びもぐらが顔を出したが、それどころではなくなった。

不意に部屋へ入って来た見知らぬ男に、治兵衛と新吉は顔を強張《こわば》らせた。

「誰だ、おまえは」

新吉が言った。

男は菊次で、うす笑いを浮かべていて、大胆にも二人の間にどっかと座った。

「盗っ人なのか。役人を呼ぶぞ」

治兵衛が怒気を含んだ声で言う。

菊次は垂れた前髪をうるさそうに掻き上げて、

「役人を呼んで困るのは、そちらさんじゃないんですか」

「そりゃどういうことだ」

治兵衛の声が大きくなった。

「鳴子屋竜蔵さんはどちらなんです」

悪戯っぽいような目で交互に二人を見て、菊次が言った。

治兵衛と新吉が無言で見交わし合い、ともにその表情を引き締めた。

「お、おまえ、何を言ってるんだ。鳴子屋竜蔵とは誰のことだね」

治兵衛の声が小さくなった。

「苦労しましたよ、探すのに。この世にいない人を探すんだから、並大抵じゃなかった。しかし鳴子屋竜蔵さんはひとつだけ墓穴を掘ったんです」

「おい、いい加減にしないか」

言い募る治兵衛を制し、新吉が青い目を光らせて、

「おまえ、若いのに大した度胸だ。まだ十八か、九だろう」

「十九です」

「ふうん……それで、鳴子屋竜蔵さんとやらはどんな墓穴を掘ったんだね」

菊次はそれにはすぐに答えず、

「うろうろ船の淀五郎を手に掛けたのは、実はこのあたしなんです」

ごつっ。

衝撃で床に頭を打ち、三郎三が懸命に泪を怺《こら》えた。

治兵衛も新吉も、形相を変えている。

「その淀五郎の遺品のなかから、鳴子屋竜蔵さんの正体を明かした書きつけが出てきましてね、それでここへ参じたしだいなんです」

「なんだって……それじゃおまえ、淀五郎の仲間かえ」

新吉が言う。

「そうです。けどあんなくだらない奴がお宝をひとり占めしてるのを見て、野心が頭をもたげたんですよ」

新吉は生唾を呑むようにして、

「そのお宝、どこにあるんだい」

「さる所に隠してあります。そいつを鳴子屋竜蔵さんに買って貰おうと思いましてね」

「幾らだ、幾らで買えと言うんだ」

治兵衛が落ち着きを失った声で言った。

語るに落ちているのも、忘れている。

「それは品物を見てから決めるとしましょうか。但し、いくら元が盗品とはいえ、買い叩こうなんて思ったらいけませんよ。五百か六百の心づもりでいて下さい」

「こいつ、若造のくせして……」

治兵衛が唸るように言い、腹の据わった菊次に舌を巻く。

「よし、わかった。おまえの話に乗ろうじゃないか」

新吉が手を打つと、

「時と場所を言っとくれ」

「明晩六つ半に、地蔵橋へ来て下さい」

「地蔵橋だって……」

とたんに新吉が嫌な顔になった。

お七やお鶴の顔が目に浮かぶ。

「どうかしましたか」

「どこかほかにしてくれないか。その先の東中之橋《ひがしなかのばし》はどうだい」

「いいですよ、じゃそういうことで」

菊次は席を立って戸口へ向かい、そこで見返って、

「教えて下さいよ、どっちが鳴子屋竜蔵さんなんですか」

「あたしだよ」

新吉が落ち着いた声で言った。

「なるほど、そうでしたか」

それで菊次は縁へ出て、元通りに庭を通って行った。

その時には、三郎三は床下から植込みの方へ移動していて、月明りにはっきりと菊次の顔を見た。

(奴だ、奴に間違いねえ)

懐深くに折り畳んだ顔絵を取り出した。それは自身番で番人の証言を元に描かせたものである。

女形のような顔立ちに、垂れた前髪——今の男に間違いない。

三郎三は急いでその後を追い、大通りへ出たが、菊次の姿はすでに影も形もなかった。

切歯して見廻していたが、

「こうしちゃいらんねえ」

竪大工町をめざして一目散に駆け出した。

十六

そのおなじ頃である。

お七は自室に籠もり、暗く深いもの思いに沈んでいた。

抜け荷の嫌疑をかけられ、主がしょっ引かれた上は店は封鎖だから、嶋屋は朝から閉めていた。

奉公人たちもなす術なく、それぞれの部屋で息をひそめるようにしている。

この急転直下の運命の変わりようにお七はわれを失い、どうしていいかわからず、困惑するばかりだった。

幸右衛門の嫌疑が晴れればいいが、そうでなければ、さらに奈落の底へ落ちてゆかねばならない。

しかし蝶と花よと育てられた身に、それはあまりに苛酷で、持ち堪《こた》えるのは無理であった。

だから脆弱《ぜいじゃく》なおのれを知り、お七の思いは悪い方にばかりとんだ。

新吉は一度も姿を現さないし、お鶴も寄りつかない。親類の者が心配して何人か顔を見せたが、それもよそよそしいものに変わっていて、慰めにはならなかった。なかには嶋屋が崩壊した後のことを考え、財産を値踏みして行く者までいた。

世間の冷たさが身に沁み、幸と不幸が表裏一体であることを初めて知った。

朝から何も食べていないから力がなく、しかし依然としてその気は起こらず、このまま寝ようとした。

そこへ足音が聞こえ、小夏とお鶴が案内も乞わずに入って来た。

「まあ……」

お七がぽかんとしたように口を開け、二人を見た。

すぐ近くに座っても、二人が遠くに感ぜられた。

小夏は安っぽい気休めや、毒にも薬にもならない慰めなどは言わない女だから、何も言わずにさっさと持参の経木《きょうぎ》包みを開いた。握り飯が三つ、入っている。

「三人で食べようと思って」

小夏が率先してひとつを取り、頰張った。

お鶴も黙ってそれを手にする。

そして二人はお七など無視したように、もさもさと口を動かした。

「むっ」

小夏が目を白黒させて胸許を叩いた。飯が喉に詰まったのだ。

「お嬢さん、お茶ぐらい出してよ」

「は、はい」

お七がわれに返ったようになり、火鉢にかかった薬罐《やかん》の湯で茶を三つ淹れた。

小夏とお鶴がそれを飲んで、ほっとひと息つく。

不意に小夏が言った。

「名前なんか言ってもわからないでしょうけど、あたしの身の周りにいる人たちが駆けずり廻っているわよ。幸右衛門さんのために」

「えっ」

お七が目を開く。

「だって当たり前じゃない、あんたのお父っつぁんは無実なんだから」

「………」

「あんたがここで思い詰めていてもなんにもならないのよ。お嬢さんなんだから、主に代ってしゃきっとしなくちゃ駄目なの」

「………」

「それにね、たとえ幸右衛門さんの無実が晴れたとしても、新吉さんとの縁組はご破算にするのよ」

「それは、どうして」

「お七ちゃん」

お鶴が膝を進め、

「あたし、新吉が男二人を使って、ここの蔵にご禁制の品を置くのを見てしまったの」

「ええっ、あの人がなぜそんなことを」

お七が驚愕する。

「わからない。でもそのお蔭であんたのお父っつぁんはお縄にされたのよ」

「嘘よ、信じられないわ。新吉がそんなことをしてなんの得があるというの。嶋屋と三州屋は縁組するのよ」

小夏が思案の目で、

「それはいくら考えても……でも新吉さんをとっちめればやがて真相はわかるわ。ともかくお家に仇《あだ》なす男なんだから、この縁組はなしにするしかないの」

「そんな、新吉が……」

お七はまだ得心がいかない。

「お七ちゃん、目を覚まして。新吉のことはさて置いて、あたしのことを忘れてたでしょ。あたしはあんたのことをずっと思ってたわ。そりゃこれまでは、お金持ちのあんたの陰で寂しい思いもしたし、ひがんだことだってないこともない。それでも幼馴染みのあんたのことは、大事に考えてたのよ」

「お鶴ちゃん……」

「だから立ち直ろう。昔みたいに二人で仲良くしよう」

「昔みたいに？」

「そうよ。お父っつぁんの嫌疑はきっと晴れるわ。地蔵橋で待ち合わせして、遊山《ゆさん》に行くのよ。昔はよくそうしたじゃない」

「あの泣きべそ橋で……」

「うん、泣きべそ橋よ。二人の思い出の場所よ」

「……」

お七が顔を伏せた。

その目から泪がぽろぽろとこぼれ落ちる。

「お鶴ちゃん」

「なあに」

「有難う。あたし、大馬鹿だった。でも今度のことで思い知ったわ。世間を見る目が変わったような気がする」

「本当？」

「本当よ。あたし、もう負けないつもりよ。気丈になるわ」

「よかった」

お七は泪を拭い、それから握り飯をちらっと見た。

小夏が気を利かせ、経木ごと差し出す。

「頂きます」

小夏がうなずくと、お七はひっそりと握り飯を食べ始めた。

女二人に見守られながら懸命に食べるうち、また泪が溢れてきた。

女二人は何も言わない。

「あたしって、泣き虫ね……泣きべそ橋はあたしのことなんだわ……」

落涙しながらもしっかり食べるお七の姿を見て、小夏もお鶴も胸を撫で下ろした。

十七

月が隠れて陰気臭い晩だった。

東中之橋には、治兵衛と新吉の親子が揃って現れた。

やくざ者でも雇って連れて来るかと思っていたから、菊次は少し安堵し、挨拶などなしに黙って二人をうながした。

菊次に先導され、二人は黙々としたがっている。

やがて地蔵橋を右に見て、つかのま新吉の表情に揺れるものがあった。

菊次は紺屋町三丁目を通り過ぎ、神田岸町《きしちょう》の裏通りへ入って行く。辺りは小店や棟割《むねわり》長屋が建て混んでいる。さらにそこを抜けて行くと竹林があり、その奥に火事で丸ごと焼けた家が見えてきた。

瓦礫《がれき》の山を越え、焼け焦げた土蔵の前へ菊次が案内する。

「ここですよ。質屋が丸焼けになって、そのままなんです。幽霊が出るなんて噂が広まって、昼間でさえ誰も近寄らないんです」

菊次が取りつけたらしい錠前で、扉を開けた。

三人がなかへ入る。

土蔵は焼けてないから、質入れしたものが山と積まれてあり、そのなかに舞台衣装を入れる葛籠のような箱が三つ、重ねてあった。

菊次が指し示すので、親子が手分けしてその箱を下ろし、蓋を開けてなかを覗いた。

禁制品がぎっしりと詰まっている。

治兵衛と新吉がそれに飛びつくようにし、目を皿にして品を手に取り、見入った。

「どうですか」

「凄いよ、これだけの品揃えは滅多にあるものじゃない」

治兵衛が昂った声で言う。

「おまえ、五百とか六百とか言ってたね。その辺で手を打とうじゃないか」

新吉が商談を急かすように言った。

「ええ、それじゃ六百ということで」

「五百にしておくれよ」

「淀五郎の所からここまで運ぶのに大変な苦労をしたんです。六百は譲れませんね」

「そうかい……」

その時、菊次の背後に忍び寄った治兵衛が飛びかかり、首を絞めてきた。

「あっ、ううっ」

菊次が苦悶する。

新吉が懐から匕首を抜き放ち、じりっと近づいた。

すると菊次がその新吉を蹴りのけ、肘で治兵衛の腹を打った。

そうして親子が怯む隙に菊次は一方へすばやく逃れて、

「そういうことをするんなら、千両だ。びた一文負けられないぞ」

「くそう、この小僧っ」

新吉が尚も匕首で迫ると、菊次が積荷の陰から隠してあった長脇差を引き抜いた。

すかさずぎらっと白刃を抜く。

それを見た新吉がたじろいだ。

治兵衛が棒きれを拾い上げ、

「新吉、こいつをやっちまうんだ。何がなんでもやっちまうんだ」

「わかってるよ、お父っつぁん。生かしといてたまるものか」

二人がやみくもに殺到し、菊次が長脇差をふり廻して暴れる。

ぎぃーっ。

扉が開いた。

三人がぎょっとして見やると、小次郎の黒い影が静かに入って来た。

「悪党どもの殺し合いか。見ものだな」

「だ、誰だ、おまえさんは」

治兵衛が問うた。

「夜来る鬼」

「なんだって」

「月も星もないこんな宵には、鬼が跋扈《ばっこ》するのだ」

菊次が長脇差で斬りつけて来た。

小次郎の腰から電光が走った。

鞘走った刀の峰が強《したた》かに菊次を打撃する。

「くうっ」

菊次が呻いて倒れた。

その手並を見た治兵衛と新吉が慄然《りつぜん》となり、そしてそれぞれの武器を放り投げた。

「お、お武家さん、金で話をつけないか。こうなったら幾らでも出そうじゃないか」

治兵衛が狡猾《こうかつ》な目で言った。

小次郎はそれを無視して、

「なぜ嶋屋を陥れたのだ」

二人に向かって問うた。

治兵衛と新吉は見交わし合っていたが、

「あたしはどっちでもよかったんですが、お父っつぁんが……」

新吉が言う。

小次郎の目が鋭く治兵衛に注がれた。

「嶋屋幸右衛門が気に入らないんだ。昔からあたしを見下していた。そりが合わないどころじゃない、犬猿なんだ」

「……」

「それであたしとお七を一緒にさせといて、少ししてから嶋屋にひと泡吹かせてやるつもりだったんですよ。ところが鳴子屋竜蔵の手配書が出廻ったんで、背中に火がついたようになって謀《はかりごと》を早めたんです」

「鳴子屋竜蔵はその男ですよ」

倒れたままで、菊次が新吉を指した。
「それがこたびのわけなのか」
つぶやくような小次郎の声は、もの哀しいようにも聞こえた。
「そんなことのために……愚か過ぎるとは思わぬか」
目にかっと怒りが走り、再び小次郎の剣が閃いた。
峰打ちで治兵衛と新吉が倒され、さらに菊次も再び打撃された。
小次郎はそのまま土蔵を後にする。
すると前から提灯の灯が見え、三郎三と下っ引きたちが騒然と駆けて来た。
すれ違いざま、小次郎と三郎三の目が合った。
小次郎は無表情のまま行き過ぎたが、三郎三がにやりと会心の笑みを浮かべた。
月が雲間から現れ、町が少し明るくなってきた。

第四話　父が敵

一

牙小次郎と曲淵《まがりぶち》みわとの邂逅《かいこう》は、ただ不思議な縁に導かれて、というほかはなかった。

八朔《はっさく》を過ぎたその日、小次郎は神田竪大工町を出て、ひとり上野に遊んだ。

今日の身拵えは、鳶色《とびいろ》の江戸小紋を粋に着こなし、例によって黒漆の刀の一本差である。彼が歩くごとに、後ろで縛りつけた垂れ髪が揺れている。

仲秋の名月を控えた月見月《つきみづき》だというのに、残暑が強く照りつけ、秋とは名ばかりである。

上野は江戸城の西北にある台地で、その昔は忍《しのぶ》ケ岡《がおか》と呼ばれていた。

ここを上野と呼び、東南の麓に続く湿地帯を下谷というのは、対照した呼称としてはもっともなのである。

西南に不忍池、その向こうに本郷《ほんごう》、西北に谷中《やなか》、根津《ねづ》がある。上野山内の摺鉢山《すりばちやま》に前方後円墳があるのは、古代よりここに人の住んでいた証《あかし》だ。

江戸城の鬼門鎮護のため、寛永《かんえい》二年（一六二五）に上野山内に大寺院を建立した。それが東叡山寛永寺《かんえいじ》であり、文化《ぶんか》年間の今からは二百年近くも前のことになる。

また慶安《けいあん》四年（一六五一）に藤堂高虎《とうどうたかとら》の手によって東照宮《とうしょうぐう》が創建され、さらに延宝《えんぽう》八年（一六八〇）には徳川家累代の霊廟《れいびょう》が寛永寺に置かれた。

小次郎は宮家の人間であるから、徳川家の霊廟などは、

（ふん）

てなものである。

それで寛永寺などろくに見ずに、上野山下の盛り場へ出た。

江戸にも大分馴れ、この都の暑さは苛酷だったが、心弾むような気持ちだった。

山下には店々が並び、華やかで賑わっている。

人だかりがしていて、何やら揉め事らしいので近づいて行くと、不意に人垣が割れて地廻りらしき男が吹っ飛んで来た。

それが小次郎の足許に這いつくばり、どこかを痛めつけられたらしく、ひいひい唸っている。

輪のなかを見て、小次郎が目を開いた。

ひとりの武家娘が、ならず者数人と対峙しているのだ。

娘はしなやかな肢体を持ち、背筋をすっと伸ばし、静かな目で男たちを睥睨《へいげい》している。

その顔立ちは三日月のように細く尖り、形のよい目鼻は整っている。地味な小袖に身を包んではいるものの、匂うような若さは隠しきれない。

しかし娘は武器らしきものを一切持たず、両手は下げたままである。

ではたった今痛めつけられた男は、どこをどうされたものなのか。娘がひとかどの武芸を身につけていることはそれでわかったが、小次郎は彼女に強い興味を抱いた。

次の男がつかつかと寄り、丸太のような太い腕をさっと伸ばし、娘の胸ぐらを取ろうとした。

だがその腕が届く前に娘に躱され、手首を軽くつかまれた。

「あうっ」

それだけで大の男が悲鳴を上げてうずくまった。つかまれた片腕が、しびれて使いものにならなくなったようだ。

他の男たちが殺気立ち、一斉に懐に呑んだ匕首を抜いた。

人垣が戦慄《せんりつ》してどよめく。

それでも娘は落ち着き払った様子で、身構えもしなければ表情も変わらない。

しかし刃物が出た上は放ってもおけず、小次郎は辺りを見廻していたが、茶店の床几に立てかけられた心張棒に目を留めた。ささっと移動し、それを手にして娘に放ってやろうとした。

すると娘が、

「ご助勢、無用に願いたい」

毅然《きぜん》とした様子で、背中で言った。

小次郎は一瞬唖然となり、娘に呑まれたようになった。

だがその後は大した騒ぎにならず、男たちは娘に口々に罵声《ばせい》を浴びせ、匕首も鞘《さや》に納めて早々に立ち去った。

人垣も散り始める。

小次郎と娘が向き合い、黙って見つめ合った。

娘の方から何か言葉があるだろうと思っていると、無言で一礼し、足早に行ってしまった。

その時、つかのま小次郎を射抜いた娘の目には、人の世話を拒むものがあった。

(可愛くない娘だ)

寛永寺とおなじように、ふん、と思った。

二

不思議なことに、日を置かずにまたその娘に会った。

神田駿河台下《するがだいした》で、小次郎はどこかの藩士十人近くに取り囲まれていた。

藩士たちは道場の帰りらしく、それぞれ木剣を携えている。

悶着の原因は取るに足りないことで、すれ違いざまに小次郎の躰が一人の刀の鞘に触れたらしい。

それで謝れということになり、頭を下げない小次郎に、気性の荒い様子の彼らが腹を立てたのだ。

一人が懲らしめてやるとほざき、一斉に木剣の林が並んだ。

上野の娘の時とおなじように、小次郎も両手を下げたままで身構えもしない。

その時、小次郎の目が一方へ走った。

正面の野次馬のなかに、上野で出くわしたあの娘の姿を見出したからだ。

娘は凜とした目で、小次郎の動きを見守っている。

「とおっ」

横合いから一人が打ちかかって来た。

小次郎の躰が敏捷《びんしょう》に動き、攻撃を躱すや藩士の手許を取った。難なく木剣をもぎ取り、その柄で藩士の顔面を打つ。

藩士はその場にうずくまり、慌てて手拭いで鼻血を止めている。

次いで打ち込んで来た一人と烈しく木剣を闘わせ、払い切りにした。

胴を打たれた藩士が苦しそうに膝を折る。

さらに小次郎は天の構えを取り、四方に鋭い目を配った。

残った数人が臆したかのように、ざざっと後ずさった。

二人が勇を鼓《こ》して同時に突進して来た。

間髪を容れずに小次郎の木剣が唸り、一人の肩を、そしてもう一人の横胴を打撃した。

藩士たちが圧倒され、それで戦意も喪失したのか、逃げるように退散した。

木剣を放り投げ、娘など無視して小次郎が行きかける。

娘が駆け寄って来て、小次郎の前に廻り込んだ。

「卒爾《そつじ》ながら」

澄んだ美しい声だった。

小次郎は無言で娘を見返している。

「上段に構えられた時、二人が打ちかかって参りましたな。それで一人の肩を打ち、さらにもう一人の横胴を打たれました」

「それがどうした」

「あの場合、上段に構えてはなりませぬ」

「なに」

「威嚇にはなりましょうが、隙が生じます。真剣であったなら、打ち込まれていたかも知れませぬ」

「いや、それは違う。天に構えて間違ってはおらぬ。今の場合は受けではなく、攻撃が主なのだ。敵はまず凌駕《りょうが》すべきであろう」

「いいえ、敵が多い場合は撫で斬りにせねばなりませぬ。基本はあくまで正眼かと」

「黙れ」

「なんですと」

「小賢しい意見は無用に願おう。立ち合った本人にしかわからぬ微妙な間合いというものがある」

「小賢しいとは、聞き捨てなりませぬ」

小次郎がうるさそうな顔になった。

「わたくしの目は間違ってはおりませぬ」

娘が食い下がった。

「意見無用と申しておる」

「その頑迷こそ、身を滅ぼすことにもつながります」

「………」

小次郎が反論しかかり、ふっと力を抜き、次に不可思議な笑みを浮かべた。愚かしい、という顔をしている。

娘はわれに返ったのか、その笑みにつられたように、おのれの差し出口を恥じて微苦笑になった。

「……すみませぬ。頑迷はわたくしの方でございました」

素直に詫びた。

その白いうなじが眩《まぶ》しいほどに美しく、小次郎は一瞬目許をまごつかせた。

しかしどこか、娘の表情には憂いがあったのである。

三

小夏は二十六の女盛りだから、時に生な女の感情を抑え切れないことがあった。今日がまさにそれなのである。

半刻ほど前から急に不機嫌になり、番頭の松助や小頭の広吉にぽんぽんと八つ当たりを始めた。

「松助、いつになったら植木屋は来てくれるの。あたしはひと月以上も前から頼んでるのよ。夏草が生い茂って、木も重く垂れちまって、この家はまるでお化け屋敷じゃやない」

「申し訳ありません。この時節ですから、植木屋はひっぱりだこでして。もうじき来てくれるものと……」

松助はあうんの呼吸で、こんな日は小夏に逆らわないようにしている。

さらにとばっちりは広吉にも飛んで、

「広吉、おまえいい加減に所帯を持ったらどうなのさ」

広吉は融通の利かない性分だから、小夏の言い草にかちんときて、

「そりゃないでしょう、若後家の女将さんにだけは言われたくありませんね。あたしがどうしようと勝手じゃありませんか」

「おまえの大きな頭が家んなかをうろうろしてると、はっきり言って目障りなのよ」

広吉の才槌頭のことを言った。

「あ、そうですか。それじゃ今日限りで辞めさせて頂きます」

憤然と半纏を脱ぐ広吉を、松助が背後から押さえ込み、口まで塞いで小夏の前から姿を消した。どこかで松助が押し殺した声で、広吉を叱っている様子が伝わってくる。

「まったく、どいつもこいつも……」

ぼやくその目が一方へ流れた。

女中のお種が二人分のお茶を盆に載せ、母屋から離れへ向かおうとしている。

「ちょいと、それ、どこ持ってくの」

「え、いいえ、小次郎旦那の所へ。お客様ですから」

「お茶なんかいらないわよ」

「そうはいきません」

「いいから、そこへ置いて。おまえはあっちへ行ってなさい」

「はい」

お種が盆を置いて去ると、小夏は迷うようにして考えていたが、気が変わったのかそれを取って離れへ向かった。

離れでは、小次郎と娘が語らっていた。彼が招き入れたのだ。

小夏はお茶を持って入って来ると、二人が正座して向き合っているので、お武家とはこういうものか、堅苦しいなと思いつつ、

「お出でなされませ」

ちらりと娘を見ながら言い、茶を差し出した。

娘は小夏より三つ四つ下と思え、肌がぴんと張って、その黒髪は艶々《つやつや》としている。

若さでは負けるから、少し悔しい。

娘は小夏の方を向いてきちんと辞儀《じぎ》をすると、

「わたくし、曲淵みわと申します」

と言った。

「まあ、みわ様……」

「みわ殿、ここの女将だ」

小次郎がそれだけ言って、みわに引き合わせた。

どういうお知り合いなのかと、小夏が小次郎に聞こうとすると、

「女将、もういいぞ」

小次郎が邪険《じゃけん》なように言った。

「もういいって……」

そんな言い草はないじゃありませんかと言いたかったが、小夏はその言葉を呑み込み、

「ではごゆるりと」

みわに言い、小次郎をきりりと睨んで出て行った。

生な女の感情が露出し始めたのは、みわが来てからなのだ。

「して、みわ殿。剣の流儀は」

小次郎が問うた。

「鏡心明智流《きょうしんめいち》にございます。それと、弓術は竹林流《ちくりん》、馬術は大坪本流《おおつぼ》、柔術は夢想流《むそう》を少々……」

みわが恥ずかしげにうつむいて言った。

「なるほど」

「牙殿は」

「馬庭念流だ」

「左様で。一度、お手合わせを願いたいものですね」

「自信がおありか」

「いえ、それほどでは……」

しかしみわの目は気鋭に溢れている。

「おれがそこもとを招じ入れたのには、それなりのわけがある」

「なんでございましょう」

「最前、主家を持たぬ身と申されたな」

「はい」

「親兄弟とも離れ、江戸にひとりで暮らしていると」

「御意《ぎょい》。住まいは京橋新両替町《きょうばししんりょうがえちょう》一丁目にございます」

すらすらと明快に答える。

「では何ゆえ、娘ひとりで江戸にいるのか。そのわけが知りたくなった」

みわが戸惑いを見せ、

「それはなぜでございます」

「さあ、なぜかな……そこもとの表情に憂いを見たからかも知れぬ。それに上野で会い、期せずして神田で再会した。つまりそれだけそこもとは、町なかを歩き廻っているということになる」

「………」

「どんな憂いを抱えているのだ」

「憂いなど、ございませぬ。牙殿の見誤りかと」

「そうかな」

小次郎とみわの視線が絡んだ。

だが先に目を逸らしたのはみわの方だ。

「人ごとに踏み入るのは、はしたのうございます」

「迷惑か」

「はい、迷惑に存じます」

「………」

それから二人はぎこちなくなり、ややあってみわは帰って行った。

するとすかさず小夏が入って来て、

「旦那、今の人、どういう人なんですか」

興味津々《しんしん》で聞いた。

「どうといわれても、答えようがない」

「お気に入られたんですか。それで連れて来られたんですか」

「妙な言い方はよせ。格別なことは何もないぞ」

「でも初めてじゃありませんか、ここへ女の人を」

「何を言いたいのだ」

「だから、どういう人なのかと。お相手のことがよくわからないと、大家であるあたしの気持ちもすっきりしないんですよ」

大家というのを強調し、なじるように小夏が言う。

小次郎が苦笑を漏らして、上野と駿河台下とで続けて二度もみわに会い、その奇遇に驚き、それでここへ連れて来たこれまでの経緯を語った。

「まあ、そんなことってあるんでしょうか」

小夏は正直、驚いている。

「不思議な娘だな。若いのに武芸に秀で、常に一分の隙もない。武器を持たずにならず者を撃退し、顔色ひとつ変えない。何やら心に秘めているようだが、それを聞いても決して明かさぬのだ」

四

永代橋《えいたいばし》の深川寄りに名もない釣道具屋があり、そこは店と住居をかねていて、喜《き》平《へい》という初老の男がひとりで賄《まかな》っている。

客の姿を見かけることは滅多になく、目立たない小店だから人に気づかれないのか、いつもひっそりとしていた。

田ノ内伊織はそういう穴蔵めいた店が好きだから、二月《ふたつき》ほど前に発見して以来、非番の日は足繁く通うようになった。

今日も日の暮れとともに釣竿を担いでとことこやって来て、

「喜平、おるかな」

奥へ声をかけると、衝立の向こうでのんびりと莨を吸っていた喜平が立って来た。

鬢髪《びんぱつ》に霜を加え、痩身ではあるが、なめし革のように柔軟に鍛え上げた肉体は並外れていて、気魄《きはく》すら感じさせる男だ。

それでいてその表情はやわらかで、おとなしいのである。

「これは田ノ内様、よくお出でなすった、暇を持て余してたとこでござんしたよ」

「そうか。では早速やるか」

「へい」

喜平が碁盤《ごばん》を出してきて、田ノ内が嬉しそうにその前に座った。

なぜかこの喜平と気が合い、釣にかこつけてやって来ては、そんなものはそっちのけとなり、今では対局が何よりの楽しみになっていた。

それから互先《たがいせん》で黙々と碁を打ち、一刻ほどして終局を迎えた。

いつものことだが、喜平には歯が立たなかった。

それでも田ノ内はほっとひと息つき、碁石を碁笥《ごけ》に戻しながら、

「ところで、喜平」

「へい」

「常々思うに、その方、元は武士であろう。違うかな」

「………」

喜平はじっと田ノ内を見て、何も言わずに台所へ立ち、やがて簡単な酒肴の膳を整えて戻って来た。

そして田ノ内に向き合い、酌をしながら、

「へい、お察しの通りでござんすよ。あっしは元はさむれえです」

と言った。

「やはりな」

「どうしてわかりやした」

「初見からそう思っていたのだ」

「さすが八丁堀の旦那だ。人を見る目が違いやすね」

「幕臣か、それともいずこかの藩の者か」

「浪人ですよ。そのなれの果てです」

「それも違うな」

「へっ？」

「その方、ひとかどの剣術を身につけておろう。わしにはわかるぞ」

それには答えず、喜平は曖昧な笑みだ。

「何かいわくがあるのだな」

「ねえと言ったら嘘になりやすが、詮索はどうかそのくれえで」

「そうか……」

やはりな、と田ノ内がまた言った。

「あっしのことなんぞ、どうでもようござんしょう。犯科は犯しちゃおりやせんよ」

「わかっている、そんなことはわかっているのだ。いや、気を悪くせんでくれ。町方の身についた悪しき習性が頭をもたげた。深く詮索するつもりなど毛頭ないぞ」

「田ノ内様」

「うむ？」

「旦那はいいお人だ。嘘がねえ、裏がねえ」

喜平がつくづくと言う。

「いい人だけではここまでやってこれんぞ。これでも若い頃は鬼同心だったのだ」

「旦那が？」

「そうだ」

喜平が笑って、「信じられませんねえ」と言った。

「わしのことは、まあよい。もうひとつ聞かせてくれ」

「へい」

「女房はどうした」

「女房は、そのう……」

喜平が重い口調になって、

「少しばかりわけがありまして、今は別々に……」

「離別したのか」

「へえ、まあ、そんなようなところで」

「そうか……しかし、とかく女房というものは面倒なものじゃ。ひとりになってわしはせいせいしておる」

「へい、確かに……けど、いねえとなると、こんな寂しいものもありやせん」

田ノ内はふっともの思い、そうかも知れんなと言うと、

「わしは子は授からなんだが、その方はどうじゃ」

「へい……」

「どこかにいるのか」

「娘がひとり……ございやすよ」

「ともに暮らさぬのか」

「へい、まあ……これもちょっと事情がありやして」

「そうか、事情か……それは是非もないな。会いたくならんか」

喜平は一点を見て考え込み、

「子に会いたくねえ親なんか、どこにもおりますまい」

「………」

喜平の表情に過去の暗い蹉跌《さてつ》を見たような気がし、それきり田ノ内は黙り込んだ。この男は只の釣道具屋の亭主ではないのだ。

いつまでも田ノ内が黙っているので、その気まずさをふり払うようにし、喜平が酌をして、

「あっしはこの江戸がすこぶる好きでござんして、どうにもほかの土地へ行く気になりません。だってそうでござんしょう。田舎で暮らしてたら、田ノ内様にゃとてもお会いできませんでしたよ。本当のこと言うと、江戸を売らなくちゃいけねえ立場なんですがね」

「………」

田ノ内はもうそれ以上何も聞かず、黙然と盃を傾けている。

五

京橋の新両替町一丁目の裏通りにある借家は、藩が借り受けたものであった。柿葺《こけらぶき》の屋根に、家のなかは八畳、四畳半の二間、広い土間に流しがついて、連《れん》子《じ》格子《こうし》の窓が表と裏に嵌《は》まっている。

長屋とおなじような造りだが、内湯の鉄砲風呂と雪隠《せっちん》のあるところが利点だった。しかし井戸だけは表に出て、近くの棟割長屋の住人と共同である。

みわはそこに独居して、すでに一年が経っていた。

その一年の間、気が晴れたことは一度もなかった。

いつも胸に澱《おり》のようなものがつかえた気分で、暗鬱《あんうつ》とした状態が続いていた。

こんなことがいつまで続くのか。

果てがないのなら、そのうち病臥してしまうかも知れない。自分が病気になったら、弟が代りに立たねばならなくなる。

それだけはさせられない。

頑張らねばと思うそばから、心のどこかが深く疲弊《ひへい》しているのも承知していた。

今日も町へ出て、当てもなく雑踏をさまよわねばならぬのだ。

そして偶然の出合いがあったとして、その千載一遇の好機をとらえ、自分はあの人を討たねばならない。

あの人とはみわの父、曲淵兵左衛門《ひょうざえもん》のことである。

それを思うと、血を吐くほどに、身を切られるほどに辛かった。本心では、そのことを回避して逃げだしたいのだ。

その日も身支度をし、心を落ち着かせようと出がけの茶を飲んでいると、藩邸のいつもの中間が訪ねて来た。

ご家老がお呼びだと言う。

暗鬱な気分をさらに重くし、みわは予定を変えて中間に同行した。

忍《おし》藩の上屋敷は、数寄屋橋《すきやばし》と幸橋《さいわいばし》の間の山下御門《やましたごもん》内にあった。

御堀に囲まれたなかに諸家の藩邸がひしめき、忍藩十万石のそれは八千坪弱である。

開門された表門から入り、奥へ通る。

書院で待っていると、江戸家老恩田和泉太夫《おんだいずみだゆう》が入って来た。

恩田は壮年らしく血気に溢れ、生気のみなぎった様子だ。顔立ちもしっかりしており、濃い眉が意思の強さを表している。左足が不自由らしく、少し引きずるようにしている。

「みわ、吉報であるぞ」

「は……」

平伏したみわが、憂いの顔を上げた。

「家中の者が兵左《ひょうざ》を見かけたのだ。どこにいたと思う」

「………」

「兵左は深川の熊井町《くまいちょう》を、町人姿で歩いていたという。見失いはしたがその折兵左は手ぶらであったというから、深川界隈に住んでいるに違いない」

「………」

「みわ、やはり兵左は江戸にいたのだ。奴をよく知るわしが、その口から何度も江戸はいいと聞いていたからな、確信は間違ってはいなかったわ」

「………」

みわの表情から哀しみを見て取り、そこで恩田は口調を変えると、

「みわ、その方の心中は察するに余りある。しかしこれは上意なのじゃ」

「相わかっておりまする」

みわが抑揚《よくよう》のない声で言った。

「では心を鬼にして、兵左を討て。討たねば曲淵の家に光は当たらぬぞ」

「………」

「そこでな、その方に助っ人をつけることにした。その方としては不本意かも知れぬが、これも上意と思え」

「助っ人？　……ご家老様、助太刀などは無用に存じまする」

「そう申すな」

そう言い、恩田が隣室へ声をかけた。

「これへ、参れ」

襖が開き、隣室に控えていた三人の武士が入室して来ると、みわの斜め横にずらっと居並んだ。

その顔ぶれを見て、みわは胸の塞がれる思いがした。

三人はいずれも家中きっての剣の達人で、剣術指南であった曲淵兵左衛門の後釜を狙う猛者《もさ》どもだ。

兵左衛門が出奔《しゅっぽん》してからというもの、指南役は空席になっていて、彼らがその座を手に入れんとしていることは歴然としていた。

富田乙五郎《とみたおとごろう》三十五歳　新蔭流《しんかげ》。

井口守之助《いぐちもりのすけ》三十二歳　浅山一伝流《あさやまいちでん》。

吉見義平《よしみぎへい》二十七歳　和田《わだ》流。

それぞれ一騎当千といいたいところだが、兵左衛門に言わせれば彼らは一流ではなく、邪剣ということだった。

「みわ、剣は心ぞ。技を研《みが》くより、心を研くのだ」

兵左衛門のその言葉を、みわは今でも真理と思っていた。

「いやいや、みわ殿、久しいのう」

その昔、国表で数回しか顔を合わせていない富田が、馴れなれしい口調で言った。

そして色黒の顔の卑しい目を光らせ、配慮のないまま、

「われらが介入したる上は、さほどの時はかかるまい。ともに力を合わせようぞ」

協力し合い、目の前にいる娘の実父を討とうというのだ。相変わらず無神経な男だと思った。

すると次に井口が口を開き、

「みわ殿、まずは一切の私情を捨てることだな。親子の情にからめられていては、

兵左衛門殿を討つことは叶わぬぞ」

かまきり顔の陰険な目で言った。

「左様、その通り。われらは上意によって動くのだ。そこを肝《きも》に銘じられよ」

三人のなかでは一番年若の吉見が、うすっぺらで軽薄そうな顔つきで言う。

「相わかりました。方々《かたがた》のご助力、有難くお受け致しとう存じまする。では、いずれ」

紋切り型に言って一礼し、上屋敷を辞去した。

三人とも、父上に斬られてしまえばいいと思っていた。

しかし助っ人が加わったことで、いよいよがんじがらめにされた自分を感じた。

三人よりも先に、父を見つけねばならない。そして逃がしてやるのだ。

「ああっ……」

数寄屋橋を渡りながら、切ない吐息が思わず口をついて出た。

そういう思念とは別に、ふっとみわは娘らしさを取り戻したくなった。

それは逃避かも知れないが、不意にふつうの女に戻りたいような気分になったのだ。

六

竪大工町へ行くまでもなく、一石橋《いちこくばし》で小次郎に会うことができた。

みわは彼に会いたかったのだ。

小次郎は橋の上にしゃがみ込み、その周りを数人のうす汚れた子供たちが取り囲んでいた。

彼のやっていることを見て、みわの目許が和《なご》んだ。

小次郎は女の子の下駄の鼻緒を直してやっているのだ。

「よし、これでよいぞ」

下駄が直り、それを履いた女の子が嬉しそうに礼を言い、皆と駆け去った。

それで腰を上げる小次郎と、みわの視線が重なった。

どちらからともなく、自然な笑みが浮かんだ。

御堀沿いをそぞろ歩くうち、茶店があったのでそこで休むことにした。

床几に並んでかけ、小女にともに麦湯を頼む。

「今日はどこをさまよい歩いていたのだ」

小次郎がやわらかな声で言った。

「今日は……」

みわが決意の目を上げ、

「藩邸に呼び出されました」

小次郎の表情がすっと引き締まった。

「いずこの藩だ。差し支えなくば、明かされよ」

「武州《ぶしゅう》忍藩にございます」

忍藩は武蔵国埼玉郡忍に居城を持つ、譜代中藩だ。今でいう埼玉県行田《ぎょうだ》市である。

「忍藩……して、みわ殿の家柄は」

「父曲淵兵左衛門は、剣術指南役でございました。三百石を賜《たまわ》り、わたくしは忍の城下で育ちました」

「今は」

「屋敷はそのままでございます。母と弟が家を護って住んでおります」

「父君はどうなされた」

「父は……」

それが問題なのだという顔になり、みわは言葉を切ってうつむくと、

「父は出奔致しました」

「何があった」

「お話しせねばなりませぬか」

小次郎は冷たいような横顔を見せると、

「いや、無理にとは言わぬ。好きに致すがよい」

「………」

小次郎は麦湯を口に運び、悪戯《いたずら》っぽいような目になると、

「しかしそこもとは、おれに話しに来たのではないのか」

「………」

的を射抜かれ、みわが狼狽《ろうばい》する。

(この人は何もかもお見通しなのだ)

逆らえないものを感じた。

「よほどのことがあったのだな」

それ以上は何も言わず、小次郎は掘割を飛ぶ水鳥に目をやっている。

みわが沈黙に耐えかねたようになり、語り始めた。

それによると、こうだ。

長い年月に亘《わた》り、度重なる天災、人災によって、忍藩阿部《あべ》家の藩財政は逼迫《ひっぱく》していた。

旧くは寛保《かんぽう》二年（一七四二）の利根川《とねがわ》の氾濫《はんらん》に始まり、天明《てんめい》三年（一七八三）の浅間山《あさまやま》の大噴火、それにともなう洪水、さらに明和《めいわ》二年（一七六五）に大規模な百姓一揆が起こり、これは一時は鎮圧されたが、未だに数年置きに勃発《ぼっぱつ》している。

藩は領民を救わねばならぬから、そのつど城下の豪商や豪農などから借財を重ね、それでも足りずに大坂の分限者《ぶげんしゃ》にまで手を伸ばし、大金を借り受けてきた。

また領内諸村に御用金を課したりもしたが、これは領民十一万人余の反撥を買って失敗に終わっている。

累積した借財の額は莫大なものとなり、四万両とも五万両ともいわれている。

それゆえ貧窮に喘ぐのは領民だけでなく、家臣団にも扶持《ふち》が滞りがちとなり、領内は困窮のきわみに達していた。

そんな折、江戸家老の恩田和泉太夫が、儒学を中心とした藩校を創設しようと言いだした。

それが一年前のことである。

どの御家でも藩校のひとつや二つは持っているから、忍藩にもそれがないと時流に乗り遅れる。学問所のないことは恥ずべきだと、恩田が家中を説いて廻り、あらかたがそれに賛同してなびくかに見えた。元々恩田は武よりも文の人で、学究の徒だったのだ。

だが曲淵兵左衛門が、これに真っ向から反対した。

藩財政窮乏の折、藩校創設は今暫く見合わせたらどうかと、借財のことを慮《おもんぱか》って主張した。

藩校を建て、教授たちを招く費用はいったいどこから捻出するのかと迫ったのだ。勘定奉行から言われるのならともかく、一剣術指南役の兵左衛門に水を差されたことで、恩田は激怒した。

二人はたがいをよく知る、竹馬《ちくば》の友であった。

そのことについて、恩田と兵左衛門は城内の一室に籠もり、何日にも亘って議論を続けた。

藩主の阿部正権《まさのり》はまだ幼く、この年六歳だったから判断能力はなかった。

議論は白熱したが、平行線は交わらず、遂にたがいに刀を抜き合うまでになってしまった。

恩田が剣で勝てる相手ではなかった。

しかし兵左衛門に恩田を死なす気はなく、惻隠《そくいん》の情をもって片足を疵《きず》つけるに留め、そのまま逐電《ちくでん》したのだ。

恩田の気は治まらず、友情は怨念《おんねん》に変わった。

彼は藩内きっての権力者だったから、兵左衛門討伐の討手《うちて》を募った。だがこれには誰もが尻込みし、体《てい》よく断られた。

そこで恩田は藩主の命として上意討ちの御旗を掲げ、あろうことか娘のみわに実父討伐の白羽の矢を立てた。彼女は家中でも名だたる女剣士だったのだ。

みわが兵左衛門を討ち果たせば曲淵家は存続させるが、叶わぬ時は断絶と思えと恩田は言ってのけた。

幼君正権にそのような断を下せる道理はなく、すべて恩田の独断と専横《せんおう》であることは火をみるよりも明らかだった。だがそれを非難できる者は家中にはいなかった。

断腸の思いだったが、受けざるをえなかった。

それでみわは母と弟を国表に残し、江戸へ出て来たのである。

恩田もみわも、兵左衛門は江戸に逃げ込んだものと確信していた。兵左衛門が江戸を気に入っていることは、誰もが知っていることだった。

そして藩の世話で新両替町に家を借り、そこを拠点としてみわはこの一年、兵左衛門を探して町をさまよい歩いていたのだ。

「ところが……」

みわの表情に憂いが増し、今日になって藩邸へ呼ばれ、家中の手練《てだれ》三人が討伐に加わることになったと、小次郎に明かした。

「それは厄介なことになったな」

小次郎が言った。

「はい。これまでのようにわたくしひとりなら父を見逃すこともできましょうが、彼らが入ることによって事態は抜き差しならぬことに……」

みわが唇を噛みしめる。

小次郎が得たりとしてうなずき、

「そこを聞きたかったのだ、みわ殿」

みわが小次郎を見た。

「父君を見逃すつもりがあるのだな」

「……」

「討つ気はないのだな」

「いえ、それは……国表を出る時は、上意ゆえに真剣に討たねばならぬと思っておりました。でもそのうちに決意も揺らぎ、父を討つことなどどうしてこのわたくしにできようかと。今でも迷い続け、時に父へ刃を向けることもやむをえないのではないかと……」

　烈しい逡巡を見せて言った。

　小次郎はそんなみわを無言で見ている。

「実は父を深川で見かけたと、今日ご家老からお話がございました。その折父は、町人姿だったそうです」

「深川か……」

　小次郎がぼそっとつぶやき、

「では探すとするか」

「えっ」

「ともに兵左殿を探すのだ」

「牙殿……」

　みわは戸惑っている。

「たとえみわ殿が討つにせよ、他人の手に委《ゆだ》ねたくはあるまい」

「………」

みわが小次郎を見つめ、それからふっと、嬉しいような哀しいような、名状《めいじょう》し難い笑みを浮かべた。

七

そうして二人が深川を探索し、帰って来た時はもう日が西に傾いていた。

みわが夕餉《ゆうげ》でもと新両替町の家へ誘い、小次郎がそれにしたがった。

彼女の本当の気持ちは、小次郎と別れるのが忍び難かったのだ。

江戸で暮らし始めて、初めて胸襟《きょうきん》を開くことのできる相手だった。先のことはわからないが、今はともかく頼っていたかったのである。

すると家の前へ来て、みわが不審顔になった。

なかに灯がついていて、男の談笑する声が聞こえている。

なんとはなしに見交わし合い、二人は家へ入った。

八畳間を占領し、富田乙五郎、井口守之助、吉見義平の三人が車座になり、徳利を持ち込んで酒を飲んでいた。野卑な臭いがたちこめている。

入って来た小次郎と三人の視線が、一瞬火花を散らせた。

「いつ参られましたか。勝手に上がられては困ります」

みわが三人の前に座り、難色を示した。

だが男たちは厚顔無恥な様子で、

「藩が借り受けているものだ、われらがどう使おうが構わんではないか」

富田が色黒の顔をてらてらと光らせながら言った。

「それよりみわ殿こそ何事だ、男を連れ込んで」

井口がかまきり顔を歪ませ、抗議の目で言えば、吉見はうすっぺらそうな顔つきに皮肉な笑みで、

「これから二人していいことをしようとしていたのかな。そんなこととはつゆ知らず、とんだ不粋《ぶすい》で相すまぬのう」

「お帰り下さい」

みわが冷然とはねつけた。

「みわ殿、その御仁を引き合わせて貰おうではないか。只の色男だったら、これはちと問題だぞ」

富田が小次郎をねめつけて言った。

「このお方は牙小次郎殿と申し、父のことでわたくしにお力添えをして下さっているのです」

富田が「ほう」と言い、露骨な目で小次郎を見た。

小次郎は会釈《えしゃく》も何もせず、無表情でいる。

井口がその小次郎にむかついたように、

「われらの力添えを拒むそこもとが、そちらの御仁ならよいのか。身勝手な話だな」

「牙殿はあくまで外のお方でございます。家中の方々と組みたくないわたくしの気持ちを、どうかお察し下さりませ」

「ほざいたな。ではわれらで勝手に曲淵殿を討ち果たすぞ。よいな」

富田が決めつけた。

みわは動揺を抑えながら、

「どうぞ、ご随意に」

「ふん、そこもとが上意討ちにかこつけ、男をひっぱり込んでいることをご家老が知ったら、さぞお嘆きになるであろうな。このふしだら者めが」

さらに富田が口汚く言った。

「……」

みわは顔を青くさせ、うつむいている。

富田にそう言われ、邪推されても、この状況ではやむをえないと思った。

するとそれまで黙っていた小次郎が、

「無礼が過ぎるぞ」

冷水を浴びせるがごとくに言った。

三人が一斉に目を尖らせる。

小次郎は静かに睨み返し、

「帰れと言われたのだ。退散したらどうだ。その方たち、みわ殿に嫌われているのがわからぬのか」

「なに」

吉見が刀を引き寄せて殺気立つと、富田がそれを制して、

「まあよかろう、今日はこれまでだ。勝手に上がり込んだわれらも不作法であった」

二人をうながして席を立ち、

「牙殿とやら、みわ殿の世話をよろしく頼むぞ」

皮肉な笑みで言い、二人がそれに追従《ついしょう》笑いをし、足音荒く出て行った。

「牙殿、申し訳ございませぬ」

みわが三つ指を突いて詫びた。

「気にするな。人の非礼や無法にはもう馴れた」

小次郎が立つので、みわは縋《すが》るような目になって、

「お待ち下さい、只今夕餉の膳を整えますれば」

「またにしよう」

「でも……」

「みわ殿、四面楚歌《しめんそか》だな」

そう言って、小次郎は立ち去った。

八

石田の家へ帰って来ると、表戸が閉まっていたので潜り戸からなかへ入った。

火消しの連中が二、三人来ていて、上がり框にかけて冷や酒をふるまわれ、これ

に小夏と松助が相手をしていた。

小次郎を見ると火消したちが一斉に立ち上がり、口々に挨拶をして頭を下げた。

離れを借りている小次郎のことは、火消し連中にはかなり知れ渡っているようだ。

小次郎が挨拶を受け流して上がろうとしていると、小夏がひらひらと寄って来た。

「親分が来てますよ」

ここで親分と言えば、三郎三のことにほかならない。

それに目顔《めがお》でうなずく小次郎に、小夏がすっと寄ってくんくんと鼻をうごめかせた。

「どこ行ってたんですか」

「深川だ」

「まさか……」

そう言って目をくるくるとさせ、疑わしそうに、

「旦那に限って女郎屋なんぞには上がりませんよね」

「どうしてそう思うのだ」

「だって着物に白粉《おしろい》の匂いが……そうなんですか」

「そうではないが、たとえそうでもおまえにとやかく言われる筋合いはないぞ。嗅

ぎ廻るのはよせ」

「か、嗅ぎ廻るだなんて……」

小夏が心外になって言いかけると、小次郎はもう奥へ去った後だ。

（畜生、あんにゃろうめえ）

元の席へ戻り、一気に酒を干した。

離れで待っていた三郎三の前へ座り、

「何かあったのか」

小次郎が問うた。

三郎三が手を横にふって、

「いえいえ、何も。世の中天下泰平でござんすよ。ただ……」

「ただ、なんだ」

「旦那にこんなこと言っても始まらねえんですが、このところ田ノ内の旦那がすっかりお見限りなんです」

「わけでもあるのか」

「碁敵《ごがたき》ができましてね、ちょくちょくそこへ通ってるんです。女ができたんなら遠慮もしますけど、あんな釣道具屋の親父のどこがいいのかと思いやして」

　小次郎が苦笑して、

「よいではないか、好きにさせてやれ」

　だが三郎三は面白くなさそうな顔で、

「あっしは一度だけ引き合わされたんですけど、この親父が一風変わった奴なんですよ」

「似た者同士が寄り合ったのではないのか」

「似た者同士か、そいつぁいいや」

　三郎三はけらけらと笑うと、

「親父は喜平というんですが、田ノ内の旦那に後で聞いたところによると、元はお武家だったんだそうです」

「武家……」

「それもやっとうの達人みたいでして。寄る辺も何もなく、たったひとりでひっそりと暮らしてるんですよ。田ノ内の旦那はそういう変わりもんが好きだから、それで仲良くなっちまったみたいなんです。お蔭で御用の方がさっぱりでして、それであっしは暇を持て余してるしでえなんで」

「三郎三」

「へい、御用があったらなんでも言って下せえ」

「おれも碁を打ちたくなった」

「へっ？」

「その亭主と一戦交えたい。店はどこだ」

九

店を開けても朝っぱらから釣客などは来ないから、喜平はぶらりと表へ出て、いかにもの暇人のようにして土手にしゃがみ込んだ。

目の前を流れる大川を眺めていると、飽きるということがなく、近頃はよくそうしている。

永代橋の上は、今日も人の往来がひっきりなしだ。

そうしてぼんやりと、とりとめもなく人や川の流れを眺めていると、こちらが此《し》岸《がん》で、向こうが彼岸《ひがん》のような気がしてくる。

生きて歩いていると思える人たちはすべて亡霊で、やがて自分もあの橋を渡ってどこか遠くへ行くのに違いない。近頃はそう思うようになった。

そんな俗世を捨てた者のような心境で、喜平、いや、曲淵兵左衛門は暮らしていた。

今の彼にはよりどころとするものが何もなく、きれいさっぱり空《くう》なのである。

その時、背後に気配がして、兵左衛門がふっとふり向いた。

小次郎が立っていた。

「喜平だな」

「へ、へい、お武家様は……」

「おれか」

小次郎は兵左衛門の横にしゃがむと、

「もつれた糸を解きほぐす」

「……」

「それがおれの役目と思っている」

「こりゃまた、妙なお方だ」

兵左衛門は笑おうとするが、思うように笑えなかった。

「尋ねたい」

「へい」

「娘はいるか」

「……」

「わけあって、離れて暮らしている娘がいるであろう」

「……」

「どうなのだ」

兵左衛門は表情を引き締め、警戒の目になると、

「お名をお聞かせ下さいまし」

「牙小次郎」

「へい……どうして娘のことをお尋ねに」

「娘の名はみわ」

兵左衛門が驚きの目を剝き、さっと立ち上がった。

それにつれて小次郎も立った。

「いったいおまえ様は……どうしてみわのことを……」

「知っているからだ、曲淵兵左衛門殿」

兵左衛門が身を硬くしたのがわかった。

そして言葉も態度も改め、武士のものになると、

「お手前の真意がわかりかねる」

「みわ殿は家老から貴殿を討つよう、下命《かめい》された」

「なんと」

兵左衛門が少なからぬ衝撃を受ける。

「それでみわ殿は貴殿を探して江戸に来ている。一年前から探しているのだ。おれはふとしたことからみわ殿と知り合い、助力することになった」

「で、ではお手前はこのわしを討ちに参ったのか」

「いや、ゆめゆめそんなつもりはない」

「それでは何をしに参られた」

「もつれた糸を解きほぐすのだ」

「うむ……」

兵左衛門が唸った。

「田ノ内殿抱えの小者から貴殿のことを聞き、すぐにぴんときた。それで出がけに使いを走らせたゆえ、やがてみわ殿もここへ来るはずだ」

兵左衛門が烈しく動揺して、

「それは困る。娘に会うわけにはゆかん」

「なぜだ」

「一時《いっとき》の激情に任せ、藩も家も捨てた無分別で愚かな父親だ。妻にも娘にも、合わす顔はない。今さら、どの面《つら》下げて娘の前に出られよう」

「釣具屋の亭主で、ひとり死にゆくのが本望《ほんもう》とも思えぬが」

「そ、それも致し方のないことだ。すべてはおのれの蒔《ま》いた種なのだ。どのような罰でも受ける覚悟はできている」

小次郎がふっと息を抜くようにして、

「恐らく、今の忍藩には貴殿のような御仁が必要なのであろう」

「そのようなことを申されても、面食らうしかない。指南役に留まらず、確かにわしは藩のために心血を注いできた。彼の地に骨を埋めるつもりでもいた」

「………」

「それがわからず、恩田は権力でわしを押し潰そうとした。あ奴《やつ》には失望した。それゆえ醜い争いとなり、出奔したのだ」

「しかし今となっては、悔やまれることも多かろう」

「それは……それはそうなのだ。わしも非は認める。狭量《きょうりょう》に過ぎた。恩田に甘える気持ちもあった。もっと突き放せばよかったのかも知れん」

「…………」

「しかし、それもこれも、すべては過ぎたことだ。今さら何を申しても、もはや取り返しはつかん。どうかわしを迷わせるようなことは言わんでくれ」

「…………」

小次郎の表情が一変し、きらっと鋭いものになった。辺りにすばやく目を走らせる。

「出て参れ」

凛然とした声で言い放った。

家の陰から富田、井口、吉見が躍り出て来た。

「その方ら、どうしてここへ」

小次郎の問いに、富田が邪悪に破顔《はがん》して、

「お主がみわ殿に宛てた文を読んだのだ。みわ殿は文を見て動転し、それを放って家をとび出した。見張っていたわれらが文を手に取り、ここへ先んじたというわけだ。男の足に敵う道理があるまい」

富田が目配せし、三人が一斉に抜刀した。

「曲淵兵左衛門殿、上意討ちである。お覚悟はよろしいか」

富田が言った。

さっと動きかかる兵左衛門を止め、小次郎が前に出た。

「その方らの胸にあるは指南役の座か。藩を思う気持ちより、うぬが栄達《えいたつ》の方が大事か。この慮外者めらが」

「黙れ。その方ごときに何がわかるか」

井口が言うと、兵左衛門が三人を睨み廻して、

「牙殿、こ奴らのは邪剣でござるぞ。心なされよ」

小次郎が無言で刀を抜き、対峙した。

「やあっ」

吉見が勇猛に斬りつけてきた。

正面から刃を交え、小次郎が応戦する。

その隙をついて、左右から富田と井口が同時に斬り込んだ。

それにめげず、小次郎が騎虎《きこ》の勢いで闘う。

いつしか小次郎の刀の峰が返され、矢継早に三人を打撃した。

呻き、悲鳴を上げ、三人が地に這った。

小次郎が富田の襟首をつかみ、引きずって真下の大川へ投げ落とした。

それを見ていた兵左衛門も井口をつかみ、やはりおなじく大川へ蹴り落とす。

吉見が大仰な声を上げ、なりふり構わず逃げ去った。

そして静かに刀を納める小次郎を、兵左衛門は瞠若《どうじゃく》して見入り、

「お手前は、いったいいずこの御仁であるか。それほどの手並、未だかつて見たことがござらんぞ」

「………」

それには何も答えず、小次郎が一方に視線を向けた。

みわが駆けつけて来たのだ。

兵左衛門もそれに気づき、うろたえた。

「みわ……」

父親の目になり、たちまち胸がいっぱいになった。

みわは溢れる感情を必死で抑えるかのようにし、表情を凍らせて、

「父上、お覚悟下され」

小太刀を抜き、正眼に構えた。

兵左衛門の顔から笑みが消え、ずいっとみわの前に立って身構えた。

小次郎が双方をじっと見守っている。

「どこからでも打ち込んで参れ」

「……」

みわは固く唇を引き結び、兵左衛門を睨んでいるが微動だにできなかった。

親子が暫し睨み合う。

やがてみわの呼吸が乱れ、小太刀を放ってその場に崩れた。

「どうして、わたくしに父上が……刃を向けたこと、お許し下されませ」

「よいのだ。もう何も申すな」

兵左衛門がみわの間近に来てその顔を覗き込み、やさしい表情になった。

「わずか一年だが、女らしうなったの。おまえの成長を思わぬ日は、一日たりとてなかったぞ」

「……」

みわははらはらと落涙し、口許を震わせるだけで何も言葉が出てこない。

小次郎が親子に声をかけた。

「みわ殿、知らせがあるまでここで暮らすがよいぞ」

みわが戸惑いを浮かべ、

「知らせとはどういうことでございますか。牙殿の仰せの意味が、わたくしにはわかりかねまする」

兵左衛門も不可解な顔で、

「われら親子のために、何かをなされようとしているのか。それなら無駄でござるぞ。今の有様を変えることは誰にもできんのだ」

「……」

小次郎は何も答えず、ただ謎めいた笑みだけを残し、立ち去った。

十

忍藩上屋敷の家老の寝所で、恩田和泉太夫は鬱々とした思いで寝酒を飲んでいた。

今さらながら、曲淵兵左衛門とのことが悔やまれてならないのだ。

兵左衛門は一剣術家の域をこえ、政道のことで数々の助言をしてくれた。権力者の常で、周囲に心を許せぬ輩が多いなか、彼は心底信用がおけ、なんでも打ち明けることができた。

その友を失ったことで、近頃では政務の上で方向性を見失うようなことが多々あった。さりとてこのような事態になった以上、覆水盆に返らずであるということもわかっていた。

退くもならず、進むのも覚束ない。

どうしたらいいのだ、と深い溜息が漏れた。

もの思いに沈んでいたので、小次郎がそっと入って来て、背後に座ったのに気づかなかった。

気配を感じてぎょっとふり返り、おののいた。

「何奴、誰かある」

立ち上がろうとする恩田の肩に、どさっと鞘ごとの刀が置かれた。

それで身動きが取れなくなった。

「曲淵兵左衛門とのこと、悔やむ気持ちはあるか」

突然の言い様に、恩田がまごつく。

「な、何……その方は何者ぞ」

「おれは兵左殿の申し立ての方が正論だと思うのだ。藩財政困窮の折に、よもや藩校どころではあるまい。それでは心ある為政者《いせいしゃ》とは言えぬぞ」

「そのことはもう諦めた。藩校よりも民を救うことの方が先だ。兵左が出奔したる後によう考えた。それゆえ、今では財政立て直しに心血を注いでいる」

「では上意討ちの儀も取り消されよ」

「いや、それは……兵左への怨みはまだ消えておらん。わしをこのような躰にして、本心を申さば怨み骨髄じゃ」

不自由な片足をさすった。

「怨みは水に流すものだ」

「できんものはできん」

「兵左殿が返り咲きの話はありえぬか」

「返り咲きなど、とんでもないわ。そんなことをしたらこのわしがいい笑いものだ。わかってくれい、兵左を討伐せねば面目が立たんのだ」

「左様か。そのようにして、いつまでも私怨《しえん》を抱えて生きるのだな」

「い、いや、そう言われると、ちと……」

「家老が石頭では忍藩の先もないな。これは首をすげ替えるしかあるまい」

恩田が目を怒らせて、

「わしの首を、どのようにしてすげ替えると申すのだ。一介の無頼《ぶらい》らしきその方の、どこにそんな力があるというのだ」

「将軍に言上《ごんじよう》すれば済むことであろう。いと容易《たやす》いことぞ」

恩田が怒りを通り越し、呆れ顔になって、

「何い……たわけたことを。よほどの乱心者か、その方は」

小次郎がいきなり抜刀し、恩田がひいっと小さく叫んだ。

だが斬る様子はなく、眼前に晒された白刃をじっと見て、恩田がはっと息を呑んだ。

刃に彫られた家紋は十六弁八重菊——すなわち菊の御紋章ではないか。

「こ、これは……」

恩田が真っ青になり、畳に額をすりつけた。

幕府の人間に限らず、諸藩の者たちにとっても朝廷は隠然として、絶対的な権力があった。

「雲上人《うんじようびと》ともつゆ知らず、ご無礼の段、平にご容赦を」

恩田が声を震わせて言った。

小次郎は刀を鞘に納めると、

「ではおれの申し入れ、聞いてくれるな」

「御意。兵左とは元より竹馬の友でござれば、すぐにでも和解を。何卒この儀、隠密にお願い致したく……」

　小次郎に示唆《しさ》を与えられたことで、恩田は心から救われた思いがした。

「相わかった」

　小次郎がひらりと行きかかった。

「あの、お待ち下されませ。どうかお名をお聞かせあれ」

「麿《まろ》は正親町《おおぎまち》高熙《たかひろ》である」

「うへえっ」

　再び恩田がひれ伏した。

　ひゅうっ。

　風が通り抜けるかのように、小次郎の影が消え去った。

十一

　小次郎が朝飯を食べていて、その前で小夏がにこにこと給仕をしている。

　朝からよく晴れて、今日の小夏は上機嫌である。

「名月や　池をめぐりて　夜もすがら」

突然、小夏が芭蕉《ばしょう》を詠んだ。

小次郎は奇異な目になるが、黙っている。

「旦那、大変なんですよ。八月の十五日は」

「何かあるのか」

「その日は深川八幡《ふかがわはちまん》のお祭りと、仲秋の名月が重なってるんです。んねっ、どっちにしますか」

「どっちとは」

「かけもちはできないじゃありませんか」

「月を愛《め》でる方がよかろう」

「じゃそうします。屋形船で大川へくり出して、名月を拝むんです。あ、大変、その日はすすきを十五に団子を十五用意しなくっちゃならないんだわ」

「これから寂しくなるな」

ぽつりと小次郎が言った。

「え」

「萩の花が咲き始め、雁《かり》が飛んでくれば秋も深まる。さすれば人も恋しくなろうというものだ」

「ええ、本当に。あたしなんかずっと人恋しいんです」

「それはいかんな」

「大丈夫、旦那がいれば」

「そうか」

小夏がしろりと小次郎を睨んだ。

(どうしてこの人はこうのれんに腕押しなのよ。女心がちっともわかってないんだから)

舌打ちして文句を言いたいのを抑え、せっせと飯を盛るところへ、松助が顔を出した。

「牙の旦那、お客さんですよ」

「誰かな」

「この間来たお武家のお嬢さんです」

小夏の顔がかちりと強張った。

「それが今日はお父君と一緒でして。二人揃って、どうしても旦那にお礼が言いたいと」

「では通してくれ」

箱膳を差しやり、小夏に下げるように言った。

その時には小夏の機嫌は一点俄《にわか》にかき曇り、暗雲がたなびいていて、箱膳を抱えて怒った足取りで出て行った。

松助がその後を追って、

「へへへ、牙の旦那も近頃は訪れる人があってようござんしたねえ、女将さん」

「どうしてよ」

「え、だってその方が何かと賑やかですし、お礼を言いたいと言うからにゃ、旦那が何かいいことをしたんでしょうが」

「松助、あれを見てご覧」

生い茂った庭先の木々をこなして、

「植木屋はどうしちゃったの」

「聞きましたらね、親父が風邪を引いて寝込んじまったらしいんです」

「じゃいい。このままお化け屋敷にしておこう」

「ちょっと待って下さいよ。それで一番上の倅が今日来てくれることになってるんです。あたしも気になってまして、木を伐《き》らねえことにゃ名月も楽しめませんからね」

「今年のお月見は、なし」

「はっ？」

「ほんとにまったく、朴念仁。あいつはあたしの心をなんにもわかってないの」

「女将さん、ちょっとそこどいて下さい。お客さんを呼びに行かなくちゃならねえんで」

「この世は薄情者ばかり……死んだ亭主がなつかしい」

「失礼します」

松助が小夏の言うことに取り合わず、うまいことすり抜けて去って行った。

庭を眺めて佇む小夏の横に、不意に小次郎が立った。

「女将」

「へっ？」

「名月を楽しみにしているぞ」

「え、あ……んまあ」

「江戸の催しは初めてなのでな、よろしく頼む」

「はい」

それで小次郎が玄関の方へ去った。

喜怒哀楽の烈しい小夏の表情に、ほんのり紅がさした。

「どうかしてるわ、近頃のあたしって……」

しっかりしなくちゃあと言い、両手で頬をパンパンと叩いた。

二〇〇七年八月　学研M文庫刊
刊行にあたり、加筆修正いたしました。
（第三話「娘二人」を「泣きべそ橋」に改題）

光文社文庫

長編時代小説
夜《よる》来《く》る鬼《おに》 牙小次郎無頼剣《きばこじろうぶらいけん》 決定版
著　者　和《わ》久《く》田《だ》正《まさ》明《あき》

2022年6月20日　初版1刷発行

発行者　鈴木広和
印　刷　堀内印刷
製　本　榎本製本

発行所　株式会社　光文社
〒112-8011　東京都文京区音羽1-16-6
電話（03）5395-8149　編集部
8116　書籍販売部
8125　業務部

ISBN978-4-334-79376-0　Printed in Japan

組版　萩原印刷

光文社文庫最新刊

喧騒の夜想曲《ノクターン》 白眉編 Vol.2 日本最旬ミステリー「ザ・ベスト」	日本推理作家協会・編
初花 決定版 吉原裏同心(5)	佐伯泰英
遣手《やりて》 決定版 吉原裏同心(6)	佐伯泰英
夜来る鬼 決定版 牙小次郎無頼剣	和久田正明
妙麟《みょうりん》	赤神 諒
惜別 鬼役[五] 新装版	坂岡 真
影忍び 日暮左近事件帖	藤井邦夫